KB206546

친애하는 나의 술

친애하는

나의

술

김신회 소설

여름사람

차
례

바꿀 수 없는 것은 받아들이는 평온을 주시고

바꿀 수 있는 것은 변화시키는 용기를 주시고

이 둘을 구별하는 지혜를 주소서.*

— 〈평온을 구하는 기도〉

---

* 단주 모임의 마무리에 모든 멤버가 한목소리로 외우는 기도문이다.

"단주 모임 '감동'에 오신 여러분 환영합니다. 안녕하세요, 저는 사회를 맡은 알코올중독자 바람입니다."

모두가 인사한다.

"안녕하세요."

"이 모임의 목적은 단 하나입니다. 술을 마시지 않는 것. 우리의 첫 번째 목표는 오늘 하루 단주하는 것입니다. 두 번째는 그 기간을 길게 유지하는 것입니다. 세 번째 목표는 다른 알코올중독자들을 술에서 빠져나오도록 돕는 일입니다. 알코올에 대한 갈망으로 인해 이기적으로 살아온 우리는 남을 도움으로써 나를 도울 수 있습니다. 그럼 앞에 놓인 책자를 제 왼쪽에 계신 선생님부터 한 문단씩 나눠 읽겠습니다."

"안녕하세요, 알코올중독자 나무입니다. 우리 모임의 목적은 다음과 같다. 하나, 우리는 술을 끊기 위해 이곳에 모였다. 둘, 우리는 연령, 직업, 출신을 막론하고 오늘 하루 단주를 목표로 산다……."

종소리가 울리면 본격적인 모임이 시작된다. 첫 순서로 단주 모임에 관한 책자를 한 명씩 돌아가며 읽는다. 단, 모든 사람은 글을 읽기 전, 인사와 자기소개를 해야 한다. 자기 차례가 다가오면 '안녕하세요, 알코올중독자 누구누구입니다'라고 말하고, 다른 사람들은 여기에 '안녕하세요'로 화답한다.

짐짓 자연스럽게 흐르는 이 순서가 나에게도 돌아오리라는 걸 깨달을 때면, 가슴속에서 강한 저항이 올라온다. 남들 앞에서 글을 읽는 것은 긴장되지만 해낼 수 있다. 그러나 스스로 '알코올중독자'라고 명명하는 것은 다른 문제다. '내가 알코올중독자라고? 아닌 것 같은데? 여기 이렇게 앉아 있으니 알코올중독자가 맞나?' 온갖 생각이 머릿속을 뛰어다닌다.

내 순서가 다가오자 입술이 조금 떨린다. 남들 앞에서 처음, 아니 태어나서 처음, 쿵쾅대는 가슴으로 나를 소개할 차

레다. 이름은 뭐라고 해야 할지 몰라 난감하지만, 직감에 따르기로 한다. 예를 들면 문 앞에 붙어 있던 단주 모임 팻말의 색깔이라든가? 공교롭게도 늘 마셔온 소주병 색깔이 아닌가.

내 안의 아수라장과는 상관없이 사람들의 얼굴은 평온하기만 하다. 나는 생애 처음, 맨정신으로, 내가 알코올중독자라는 사실을 인정한다.

"안녕하세요……. 알코올……중독자…… 초록입니다."

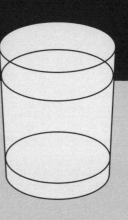

아빠가 네 번째로 응급실에 실려 간 날, 나는 외부에서 업무 미팅을 하고 있었다. 2주 전 강 피디는 올여름 일본 지상파 방송국에서 방영해 시청률 1위를 찍었다는 형사 드라마 12부작을 국내용으로 제작할 예정이라고 했다.

"당연히 번역은 김 작가님께 부탁드리고 싶고요. 근데 이게, 12월에 첫방이라 예고편이 먼저 나가야 해요. 일본 쪽에서 만든 영상에 배우 인터뷰 붙여서 길게 다시 만들려고요. 그 작업 먼저 가능하실까요?"

"네. 언제까지요?"

"너무 빠르긴 한데…… 내일까지 어떻게 좀……. 죄송합니다."

"해볼게요."

하룻밤을 꼬박 새워 작업했다. 다음 날 메일로 보낸 자막을 확인한 강 피디는, 주중에 회사 근처로 와줄 수 있겠냐고 물어왔다. 갑자기 왜. 작업물이 마음에 안 드나.

방송국 앞 카페에 도착했을 때는 미팅 시간까지 약 30분이 남아 있었다. 카페에는 다른 프랜차이즈 카페들과 달리 딱딱한 나무 의자가 아닌 소파가 대부분이었고, 테이블 간격이 넓은 데다 시류를 정확히 비껴간 인테리어여서 갈 때마다 장년층 손님들만 보였다. 근처 회사원들의 미팅 장소로 어쩔 수 없이 활용되며 간신히 폐점을 면하고 있는 모양새였다. 카운터로 가 늘 가지고 다니는 텀블러를 내밀었다.

"아이스아메리카노 톨 사이즈요."

금세 나온 커피를 받아 들고 익숙한 창가 자리에 앉았다. 커피에는 입도 대지 않고 우두커니 창밖만 바라보니 불쑥 막막함이 밀려왔다. 별다른 이유는 없는데 도망치고 싶은 마음. 하지만 어디로 도망가야 할지 모를 때의 갑갑함. 그런 이유로 늘 여기가 편치 않은 사람은 대체 어딜 가야 편안해질지 알지 못한다. 항상 조막만 한 생물체가 가슴팍에 달라붙어 심장을 짓누르는 느낌으로 산다. 숨 쉴 때마다 따라다니는 달갑지 않은 익숙함.

좋게 말해 느긋한 성미인 강 피디는 한 번도 제 시간에 나타난 적이 없었다. 오늘도 분명 약속 시간보다 10여 분이 지나서야 아무렇지 않은 얼굴로 걸어 들어올 터였다. 시간 관념 희박한 인간이 늘 사람을 멀리까지 불러낸다. 스멀스멀 짜증이 올라와 눈을 질끈 감으니 조금씩 가슴이 뛰었다. 몰려드는 초조함을 다스리기 위해 심호흡을 한 다음, 차가운 커피를 들이켰다. 후, 조금만 견디자. 나는 일하러 온 것이다.

커피를 다 마시고 나니 할 일이 없어져 카페 안을 둘러보았다. 늦은 오후 시간대에는 어딜 가나 할저씨들이 보인다. 뭐가 그리 신나고 화나는지 두셋씩 모여 목청을 높이는 것으로 존재감을 드러낸다. 말하는 사람은 있지만 듣는 사람은 없는 대화의 향연. 소싯적 잘나갔다는 믿기지 않는 사연과 혈기 왕성한 자식들 때문에 골치 아파 하면서도 결국 자식 자랑으로 끝맺는 이야기를 늘어놓다 저녁 5시쯤 되면 뿔뿔이 흩어진다. 부인이 차려주는 밥을 먹기 위해서. 정작 부인들은 남편이 집에 일찍 들어오기를 바라지 않을 텐데, 그런 속을 알고 싶지 않은 그들은 꼬박꼬박 귀가한다. 우리 아빠도 그런 남자 중 하나였기에 엄마는 몰래 아빠를 '삼식이'라고 불렀다. 삼시 세끼 다 집에서 먹는다는 뜻으로.

"아유, 신속하게 작업해주셔서 감사합니다. 역시 작가님은 베테랑이시고……."

예상과 다름없이 뒤늦게 도착한 강 피디는 영혼 없는 칭찬부터 늘어놓았다. 기계적으로 고개만 주억거리고 있으니 강 피디가 상체를 내 쪽으로 기울였다. 갑자기 좁혀진 거리가 거북해 등을 천천히 소파에 기대며 뒤로 물러앉았다.

"작가님."

"……네."

"요즘 어떠세요?"

어떻냐니 뭐가. 아무렇지 않게 얼굴을 들이미는 무신경함에 질려 소파에 등을 더 깊게 파묻었다. 강 피디는 머쓱했는지 상체를 뒤로 무르며 말을 이었다.

"요새 작업 의뢰 많이 들어오나 해서요. 일하시는 거 경기 어떤지."

프리랜서가 하루 벌어 하루 사는 거지 별거 있어? 그게 신경 쓰이면 번역료나 올려주든가.

"별로죠 뭐. 요새 오따꾸들만 일본 거 보잖아요."

내 말에 강 피디는 '그 오따꾸가 바로 나예요'라는 양 멋쩍은 표정을 지었다.

"……그렇긴 하죠. 아니, 다른 게 아니고 저희 회사에서 이번에 신입 사원으로 번역작가를 구하거든요. 근데 작가님 생각이 딱 나는 거예요. 작가님, 프리 말고 정직원으로 일하는 건 어떻게 생각하세요?"

나이 마흔에 신입 사원이라니. 이 인간은 시간관념뿐만 아니라 현실 감각도 없구나. 슬슬 다른 피디를 뚫어봐야 하나. 일단 이 사실만 전달해두자.

"피디님, 저 올해 마흔이에요."

"아, 그러시구나……"

"마흔에 신입 사원, 괜찮아요?"

"번역 일은 나이 상관없잖아요. 아웃풋이 중요하지."

"얼굴 안 보고 일만 보낼 때는 그럴지 몰라도, 직원으로 들어가는 건 다른 문제 아닐까요?"

"그럴까요……?"

이렇게 수긍할 거면 말은 왜 꺼낸 거야, 이놈아. 강 피디는 이런 식의 리액션은 상상하지 못했다는 듯 목덜미만 긁적였다. 회색 후드 티셔츠에 짙은 남색 데님 팬츠, 검은 스트라이프가 들어간 회색이 되어버린 흰색 운동화. 170센티미터가 조금 넘는 키에 75킬로그램은 돼 보이는 몸무게. 현미주먹밥을 뭉쳐놓은 것 같은 얼굴 위에 검은 뿔테 안경을 얹은 이런 남자는 판교나 상암동, 목동 인근에서 자주 목격된다. 개발자로 일하거나 그래픽디자이너 혹은 방송 일을 하는 30대 중반 남성의 평균값을 AI로 구현한다면 강 피디쯤 될 것이다.

"아무튼, 작가님. 상주 작가 뽑는 데 연령 제한은 없는 거로 알고 있어요. 작가님이야 워낙 저희랑 일도 꾸준히 하셨고 작업 퀄도 좋았고요. 직원으로 들어오시면 많진 않아도 매달 월급 나오고, 4대 보험이랑 퇴직금도 있고요. 회사가 망하거나 작가님이 사회적으로 물의를 일으키지 않는 한? 정년까지 가능하다 봅니다?"

나는 영업 사원인 양 최선을 다해 설명하는 강 피디의 입술을 멍하니 쳐다보다 물었다.

"제가 그 자리에 들어가면 피디님한테는 뭐가 좋아요?"

"예?"

"번역작가는 저 말고도 많잖아요. 요샌 싸게 번역하는 젊은 친구도 많고. 근데 왜 저인지. 혹시 이번 채용이 피디님 업무 실적하고도 관련이 있나요?"

강 피디는 뜨악한 표정을 지었다.

"아니요? 저는 그냥 작가님이 생각나서……. 제가 아는
작가가 어딨겠어요."

"만약 제가 들어가면 피디님은 어떠실지 몰라도 나머지
직원들은 불편할 수 있어요. 제 나이, 일반 회사에선 차장급
이에요."

"근데 작가님이 차장으로 들어오는 건 아니잖아요."

아무렇지 않게 팩트를 날리는 순수함에 머쓱해졌다. 뭐
라고 반응해야 할지 몰라 눈만 껌뻑이고 있으니 강 피디는
좋은 제안을 했을 뿐인데 분위기가 왜 이 모양인지 모르겠다
는 듯 입맛을 다셨다. 그 모습에 내가 차장도 아니고 아직 뽑
힌 것도 아닌데 왜 벌써 김칫국을 들이켜고 있는지 정신이
들어 일부러 밝은 목소리를 냈다.

"알겠습니다, 피디님. 제가 뭐라고……. 며칠 생각해봐
도 될까요?"

이제야 말이 통한다는 듯 강 피디의 표정이 풀어졌다.

"네, 근데 너무 길게 고민하지 마시고요. 결정되시면 삐
삐 치세요."

미리 준비한 티 나는 개그에 치고 나갔다.

"삐삐도 있어야 돼요?"

강 피디가 지지 않겠다는 듯 대꾸했다.

"네. 이참에 하나 하세요. 2년 약정으로."

정직원이라. 이 나이에 회사원이 될 생각은 없었는데. 일단 엄마 아빠는 좋아하겠지. 15년을 프리랜서로 살아왔지만 소속이 생기는 것도 나쁘지 않을 것 같았다. 출근은 끔찍하지만 퇴근은 좋잖아. 하다가 안 맞아 때려치워도 퇴직금이랑 실업급여 나오고. 지역 가입자로 매달 10여 만 원씩 건강보험료랑 국민연금 내는 것도 짜증 났는데 그 부분도 깔끔하게 해결되겠지. 강 피디에게 시큰둥하게 반응한 게 언제였나 싶게 조금씩 부푼 꿈을 그리게 됐다.

강 피디는 먼 길 왔으니 저녁이라도 먹고 가라고 했다. 시간을 확인하려고 휴대폰을 보니 문자가 와 있었다.

아빠 응급실 갔다가 지금 입원실. 이영병원 904호. 천천히 와.

한 번에 두 계단씩 오르며 지하철역 출구를 향해 돌진했더니 목에서 녹진한 피 맛이 났다. 생각해보니 오늘 먹은 거라곤 커피밖에 없었다. 갈라진 목이 타들어가는 것 같아 역앞 편의점에 들어갔다.

음료 냉장고 앞에 우뚝 서 있다가 생수 대신 500밀리리터 캔맥주를 집어 들었다. 점원과 눈을 마주치지 않은 채 계산을 마치고 편의점을 빠져나오니 옆 건물 입구가 보였다. 그 안으로 들어가 우편함이 붙어 있는 벽을 보고 선 채 맥주캔을 땄다. 캔 입구에 몽글몽글 올라오는 맥주 거품을 보자 기대감이 차올랐다. 헐떡이는 숨을 캔 안에 토해내듯 맥주를 빨아들었다. 식도를 타고 흐르는 차가운 액체에 눈이 휘둥그레졌다. 그래, 이거지.

순식간에 비운 캔을 납작하게 구겨 가방에 집어넣었다. 얼굴에 열이 오르는 것 같아 볼에 손바닥을 갖다 대니 적당히 미지근했다. 가방 구석에 들어 있던 초콜릿을 입에 털어넣고, 마스크를 꺼내 썼다. 심장박동이 순식간에 차분해졌다.

엘리베이터가 9층에 도착하자, 술 냄새가 새어 나오지 않도록 마스크를 매만져 착실히 입을 가렸다. 병동 입구에 있는 휴게실에는 입원복 차림으로 한 손에 링거 스탠드를 쥔 사람과 그의 보호자로 보이는 두 명, 스마트폰에 얼굴을 박고 있는 젊은 환자, 그리고 엄마가 앉아 있었다. 입을 조금 벌린 채 텔레비전 예능프로그램을 응시하는 엄마를 그냥 두고 입원실로 향하려는데 등 뒤에서 목소리가 들렸다.

"김재운."

뒤돌아보자 엄마가 옆에 와서 앉으라고 손짓했다. 느릿느릿 걸어가 무거운 짐을 내려놓듯 털썩 앉았다.

"정운이도 올 거야."

"걘 왜."

"엄마가 오라고 했어."

별일이다 싶어 흘끗 보니 엄마가 어색하게 빙긋 웃었다. 행여 술 냄새가 날까 싶어 자세를 바꾸는 척 엄마와 조금 거리를 뒀다. 그사이 엄마의 허벅지 위에 놓인 두 손에 시선이 머물렀다. 살아온 세월이 얼만데, 내 손보다 나이가 덜 들어 보이는 손. 고생 따위 모른다는 듯 뽀얀 얼굴 위에는 생긴 지 얼마 안 돼 보이는 주름이 서걱서걱 새겨져 있었다. 큼지막한 롤로 만 갈색 파마머리 사이로 흰머리 몇 가닥이 보였다. 피로함과 해사함이 동시에 묻어나는 엄마의 표정에는 묘한 기대감이 서려 있었다.

텔레비전에서는 모르는 남자가 익숙한 트로트곡을 부르고 있었다. 얼굴을 잔뜩 구긴 채 눈썹을 이리저리 움직이면서, 최대한 목소리를 쥐어짜며 오열 직전의 표정으로 열창했다. 엄마는 어설프게 노래를 따라 부르다 말고 말했다.

"야무지게 생겼네. 저런 남자 어때?"

"뭘 저렇게 열심히 부르냐. 부담스러워."

"왜, 열심히 하는 남자가 뭐든 잘하는 거야."

"됐어."

텔레비전 옆에 붙은 벽시계는 7시 40분을 가리키고 있었다. 동생 정운은 퇴근 후 아무리 일찍 온다 해도 8시 반이 넘어야 도착할 터였다. 자리에서 일어나려 하니 엄마는 내 팔을 잡아당겨 다시 앉혔다. '왜?' 하는 눈빛을 보내자, 엄마는 텔레비전에 시선을 고정한 채 말했다.

"정운이 오면 같이 가."

잠시 후, 엄마가 텔레비전에 정신이 팔린 사이 슬그머니 몸을 일으켜 입원실로 향했다. 문 앞에서 느껴지는 적막한 분위기로 보아 병상이 여섯 개인 입원실에 아빠 외에 다른 환자는 없는 것 같았다. 안으로 들어가니 의외로 커튼 너머에서 인기척이 느껴졌지만, 야무지게 닫힌 커튼은 '말 걸지 마시오'라는 기운을 발산하고 있었다. 발소리를 최대한 죽여 아빠가 있는 침대를 찾았다.

아빠는 가장 안쪽 창가 자리에서 곤히 잠들어 있었다. 제대로 해를 쬔 지 1년은 넘었을 텐데 아빠의 얼굴은 사시사철 볕에 그을린 듯 시커멨다. 움푹 파인 볼은 오래 숙성된 브랜디 색깔이었다. 반창고 아래 수액주사가 붙은 손은 피멍과 주사 자국, 검버섯, 주름으로 뒤덮혀 말라비틀어진 나무껍질처럼 보였다. 선뜻 손 내밀기 망설여지는 몸이었다.

침대 끝에 서서 모르는 사람을 보듯 아빠를 바라보았다. 동년배 남자들에 비해 유난히 키가 큰 아빠가 비좁은 입원실 침대에 누워 있는 모습은 아무리 봐도 적응되지 않았다. 작은 종이 상자에 억지로 욱여넣은 키다리 인형 같았다. 무겁고 쓸모 모를, 반갑지 않은 선물 같은 아빠. 이내 등 뒤로 소곤거리는 엄마의 목소리가 들렸다.

"정운이 왔어."

나와 정운은 사이가 좋았던 적 없는 네 살 터울의 남매다. 남매는 커가면서 가까워지기도 한다는데 우리 둘은 그렇지 않았다. 따로 가르치지 않아도 어렸을 때부터 한글이면 한글, 산수면 산수, 음악이나 미술, 체육 가릴 것 없이 곧잘

하던 나와 달리 정운은 무언가를 잘해내는 일에 관심이 없었다. 그러면서도 좀처럼 기죽는 법이 없었다. 희한하게 정운이 있는 곳은 금세 분위기가 밝아졌다. 집에 온 친척들이 아무 데서나 노래하고 춤추는 정운의 모습을 보고 손뼉 치며 "아이고, 정운이 잘하네!" 칭찬하면 정운은 따박따박 대답했다.

"잘 못해요. 그냥 추는 거예요. 신나게!"

그 말에 집 안에는 웃음이 흘러넘쳤다. 내가 앉아 있는 자리만 빼고.

일가친척의 사랑둥이였던 정운은 사춘기 때부터 속을 썩였다. 애먹이지 않는 성품과 학교 성적으로 자식을 판단하는 아빠에게 정운은 골칫덩어리로 전락했다. 엄마는 어렸을 때와 달리 아빠의 싸늘한 눈초리만 받는 정운이 안쓰러웠는지 평범한 중학생으로 키워보려 애썼지만, 그건 엄마의 인생에서 가장 어려운 미션이었다. 엄마가 공을 들이면 들일수록 정운은 엉망이 돼갔다.

엄마의 노오력으로 겨우 턱걸이로 인문계 고등학교에 진학한 정운은 학교생활은 하는 둥 마는 둥 하며 연애에만 열을 올렸다. 고3 때부터는 있는 과외 없는 과외 다 끌어서 하더니 가까스로 경기도 소재 2년제 대학에 입학했고, 이듬해 중소기업에 영업직으로 입사했다. 그리고 3년 전, 대학교 때부터 사귀던 여자 친구와 결혼해 회사가 있는 신도시에 대출을 끼고 작은 평수 아파트를 전세로 얻었고, 이듬해 첫 아이를 낳았다. 밥이라도 벌어먹고 살까 온 집안을 걱정시켰던 정운은 어느새 가장 정상성을 띤 성인의 모습을 하게 됐다.

휴게실에서 정운은 스마트폰 화면을 응시하고 있었다. 화면 가득 빨갛고 파란 물결이 넘실대는 걸 보니 주식계좌 앱 같았다. 지난해 올케 몰래 코인으로 자동차 한 대 값을 날려먹고도 정신 못 차렸구나. 정운이 진 빚은 엄마가 그간 모은 쌈짓돈으로 갚아주었다. 엄마와 정운은 그 일을 비밀로 했지만 난 다 알고 있었다.

하늘색 세로줄이 쳐진 흰 와이셔츠에 검은색 패딩 조끼, 남색 정장 바지와 위스키색 구두. 그 옆에 대충 벗어둔 검은색 패딩 점퍼까지. 어딜 봐도 평범한 회사원 차림새였다. 가까이 다가서자 정운은 스마트폰에서 눈을 떼고 나를 올려다봤다.

"어, 왔어?"

그 얼굴에 툭하면 나한테 깝죽거려 얻어터지던 남자아이가 남아 있었다.

휴게실은 테이블 하나 없이 벽을 따라 ㄷ자 모양으로 민트색 소파가 놓인 공간이었다. 엄마는 정운의 왼편에 앉으며 자기 옆에 나를 앉혔다. 왼쪽으로 김정운, 중간에 엄마, 그 옆에 나. 무슨 가족사진 대형도 아니고, 합창단 대형도 아니고. 무슨 중대 발표라도 이어지려나 생각한 순간 엄마가 입을 열었다.

"아빠는 조만간 갈 것 같아."

익숙한 침묵이 흘렀다.

"길어도 두어 달이래. 앞으로 응급실 한두 번 더 오면 마지막이지 싶다."

정운은 과장되게 마른세수를 벅벅 하더니 고개를 숙이며 한숨을 푹 쉬었다. 나는 어깨를 돌려 엄마를 바라보았다.

"장례 절차 알아봐야 한다는 뜻이야?"

"딱히 알아볼 것도 없어. 연락 몇 번 돌리면 돼."

정운이 고개를 들며 말했다.

"아니, 그래도 아직 어떻게 될지 모르는 거잖아."

엄마는 그 말을 낚아채듯 대답했다.

"아니. 이번에는 마음의 준비, 해야 할 거야."

나는 말없이 텔레비전으로 시선을 옮겼다. 중학생이 채 안 돼 보이는 여자아이가 천연덕스럽게 성인 가요를 부르는 모습을 출연진들이 감개무량하다는 듯 바라보고 있었다. 주변이 조용한 걸 보니 엄마도 정운도 텔레비전을 응시하는 눈치였다. 무심하게 이어지는 침묵을 깨듯 엄마가 말했다.

"미리 할 이야기는 아니지만, 너희도 알아둬야 할 것 같아서. 장례 끝나면 각자 살자."

정운은 상체를 휙 꺾어 엄마를 쳐다봤다.

"각자 살자니? 난 이미 각자 살고 있잖아."

나 역시 엄마를 바라봤다. 엄마는 텔레비전만 쳐다보며 말했다.

"응. 너처럼 누나도 나도, 다 각자 살자고."

그 말에 나와 정운의 눈이 마주쳤다. 정운은 자기 대신 무슨 말 좀 해보라는 듯한 표정이었다. 피하듯 고개를 돌리자 엄마는 우리 사이 어딘가를 응시하며 이야기를 시작했다.

조수석에 타 안전벨트를 매고 있으니 정운이 말했다.

"엄마 좀 말려봐. 각자 살자니 말이 돼? 멀쩡히 집 놔두고 뭘 각자 살자는 거야."

"각자 안 살면?"

"아, 뭔 소리야. 누나가 엄마 모시고 살면 되지."

아무렇지 않게 막말하는 정운을 멍하니 쳐다봤다.

"왜, 그런 거 아니야?"

"……."

"엄마한테 딴 사람이라도 생겼나? 뭐 아는 거 없어?"

"그게 가능하겠냐? 온종일 아빠 옆에 있는데?"

"모르지 또. 전적이 있잖아."

"……시끄러워."

"암튼 난 반대야."

"네가 뭔데 반대야. 엄마가 그러겠다는데. 네가 엄마 모시고 살 거 아니면 입 다물어."

"참 나."

"아빠 가시면, 더 이상 누가 누구 말 들을 상황 아닌 거야. 그런 줄 알어."

정운은 재빠르게 차를 몰았다. 집으로 향하는 동안 우리는 아무 말도 하지 않았다. 아파트 입구에 도착해 차에서 내릴 때 정운이 말했다.

"아, 아인이 엄마한텐 뭐라고 말하냐. 아니 그렇잖아. 앞으로 엄마 김치는 어쩌냐고."

나는 차 문을 닫으려다 말고 물었다.

"뭐?"

"아인이가 엄마 김치에 환장하잖아. 이제 엄마 김치는 못 먹는 건가."

어이가 없어 운전석을 들여다보며 말했다.

"넌 엄마가 김치로 보이냐?"

정운은 무슨 소리를 그렇게 하느냐는 얼굴이었지만 아무리 숨기려 해도 엄마를 김치로 보는 표정이었다.

"또라이 아냐. 그 좋은 김치 네 돈으로 사 먹어, 미친놈아."

정운이 욱하며 대꾸하려 했지만, 듣기 싫어 문을 탁 닫아버렸다. 정운은 거칠게 차를 돌려 아파트 입구를 빠져나갔다.

아빠는 병세가 악화되기 전까지 제1금융권에서 은행원으로 일했다. 자기 삶이 재미있었다고는 말 못 하겠지만 자부심만큼은 대단했다. 지역 소도시에서 올라와 대한민국 수도에 자리 잡았다는 것, 전국 어딜 가나 지점이 보이는 은행에 근무한다는 사실이 자존심에 날개를 달아주었다. 그래서

인지 쉰 살이 되던 해, 사원 대상 건강검진에서 대장에 종양이 있다는 결과를 접했을 때도 아빠는 동요하지 않았다. 아빠는 꽤 오래 병원에 가지 않겠다고 버텼다. 엄마는 아빠와 눈이 마주칠 때마다 잔소리했다.

"암이면 어쩌려고 그래, 당신?"

"아이고 참. 암이 그리 쉽게 걸리나? 별일 없을 거다."

하지만 이듬해 받은 건강검진에서 아빠의 대장 속 종양은 크기가 더 커져 있었다. 엄마의 성화에 못 이겨 정밀검진을 받게 되었고 결과는 대장암 1기였다. 그때도 아빠는 1기는 암도 아니라며 떵떵거렸다. 전신마취 후 암 조직을 떼어내는 수술을 했고, 예후는 나쁘지 않았다. 항암 치료와 방사선 치료까지 가지 않고도 아빠는 금세 회복하는 것 같았다. 이후 매년 추적검사로 상태를 살펴도 이상은 없었다.

아빠는 "봐라, 내가 뭐랬나?" 하고 큰소리치면서도 매일 저녁 산책을 거르지 않았고, 주말이 되면 이 산 저 산으로 등산하러 나갔다. 야식과 술은 완전히 끊었고, 국이나 찌개, 빨간 고기와 절임이나 젓갈류는 더 이상 우리 집 식탁에 오르지 않았다. 나와 동생은 이렇게 맛없는데 왜 다들 집밥 타령이냐고 아우성이었지만, 아빠는 매 식사를 불만 없이 즐겼다. 병치레 이후 가족의 삶이 자기를 중심으로 돌아가고 있다는 사실에 더없이 만족하는 듯 보였다. 얼굴색은 병을 앓기 전보다 더 좋아졌다.

아빠에게는 이때가 인생의 황금기 아니었을까. 자칫 잃을 뻔한 건강을 되찾은 걸로도 모자라 오히려 젊어지는 듯한 아빠를 보며 저런 게 중년의 삶이라면 늙는 것도 나쁘지 않을 것 같았다.

하지만 비슷한 시기에 엄마는 점점 작아졌다. 갱년기일까. 아빠를 챙기기가 버거운 걸까. 아니면 이번에는 엄마가 아픈 걸까. 내심 신경 쓰였지만 당시 입시생으로 살기 바빴던 나는 엄마의 지친 얼굴을 일부러 외면했다. 우리에게는 각자의 인생이 있다면서. 반면, 동생 정운은 엄마의 속을 잘근잘근 씹어놓으면서도 엄마와 자주 부대꼈다. 어쩌면 엄마는 줄기차게 속을 뒤집어놓는 정운이 있어 그 시절을 버틸 수 있었는지도 모른다. 엄마는 그런 정운을 포기하기는커녕 오히려 싸고돌았다.

정운과 다르게 말썽 한번 부리지 않은 나를 부모님이 예뻐했느냐 하면 그렇지 않았다. 맏딸인 나의 모든 성과는 당연하게 받아들여졌다. 시험에서 100점을 맞는 것도 우등상을 받는 것도 학교에 문제없이 적응하는 것도 당연했다. 부모님이 당연하게 여기는 걸 이루기 위해 내가 얼마나 노력하고 애태우는지는 관심 없어 보였다. 아니, 내가 뭘 하든 두 분에게는 별 의미 없어 보였다. 엄마는 가끔 정운이 보지 않는 데서 의무감으로라도 날 다독이고 칭찬했지만, 아빠는 그런 것조차 없었다. 어쩌면 내가, 나를 제외한 모든 인간에게 무관심한 건 아빠에게서 물려받은 게 아닐까.

아빠는 오로지 자기 안위만 신경 썼다. 자기 일과 건강, 무탈한 일상을 지키는 데만 열심이었다. 엄마에게도 딱히 관심이 없어 보였는데, 매일 칼같이 집에 들어오는 게 신기할 따름이었다. 집에서는 딱히 말도 없었다. 퇴근하면 엄마가 차려주는 밥을 먹고 집 앞 공원으로 혼자 산책하러 나갔다. 돌아와서는 혼자 9시 뉴스를 본 다음, 샤워하고 일찌감치 안방으로 들어가 책을 읽거나 미처 다 못 읽은 조간신문을 읽었다. 가족이 있는데도 꼿꼿하게 독신남처럼 살았다. 그러면서 엄마가 차려주는 밥 말고는 스스로 아무것도 차려 먹지 못했다. 나는 엄마가 며칠 집을 비우는 날이면 아빠 밥을 차려주는 역할만큼은 떠맡고 싶지 않아서 최대한 늦게 집에 들어가려고 애썼다. 그놈의 밥. 삼식이는 여자 없이 지속될 수 없는 이름이었다.

그래도 우리 가족은 서울에 사는 준중산층 가족으로서 각자 역할극에 충실했다. 안정적인 직장인 아빠, 가사에 성실한 전업주부 엄마, 서울에 있는 4년제 대학에 다니는 큰딸, 집안의 분위기 메이커인 작은아들. 비록 대화는 적었지만 외식도 종종 했고 해마다 부산, 제주, 방콕, 오사카 등지로 여행도 갔다. 여행에서 찍은 가족사진을 보면 다들 잔잔하게 죽상을 하고 있었지만 여름마다 함께 떠나는 여행은 4인 정상 가족의 연례행사였다. 아빠의 몸이 회복되면 또 여행을 가게 될 거라 생각했다. 딱히 내키지 않아도 협조할 용의는 있었다. 그런데.

엄마는 아빠가 가고 나면 혼자 살고 싶다고 했다. 이제까지 한 번도 혼자 살아본 적이 없으니, 더 늦기 전에 그래보고 싶다며 자취를 꿈꾸는 20대 청년처럼 말했다. 그 말에 정운은 황당하다는 듯 투덜거렸다.

"뭐야. 차도녀도 아니고."

차도녀의 뜻을 엄마가 알 리 없었지만 그게 뭐냐고 물을 에너지조차 엄마에게는 없어 보였다.

아빠의 길어진 병치레로 집에 남은 저축은 얼마 없었고,

서울 끄트머리에 있는 40평대 신축 아파트가 재산의 전부였다. 엄마는 그 집을 팔아 3등분하자고 했다. 그렇게 하면 각자 어떻게든 살아갈 수 있을 거라고. 자기 살 궁리 하느라 간병에 참여도 안 한 정운에게 3분의 1이 돌아가는 게 맞나? 백번 양보해 엄마가 대신 갚아준 빚은 제하고 주는 게 맞지 않냐고 되묻고 싶었지만, 지금 와서 그런 말이 다 무슨 소용일까 싶었다.

엄마는 오래전부터 대본을 써 달달 암기한 것처럼 표정 변화도 없이 말을 이어갔다. 잠자코 이야기를 듣는 나와 다르게 정운은 자꾸 흥분하며 끼어들었다.

"아니, 아빠랑은 얘기가 된 거예요?"

"아빠는 아직 몰라. 그런데 그렇게 할 거야."

"아니, 엄만 누나랑 살면 되는 거잖아?"

나는 이제 와서 장남인 척하는 정운이 성가셨지만, 엄마는 더 이상 전할 내용이 없는지 침묵을 지켰다. 정운은 "아니 근데" "그건 아니지" 하며 줄곧 답답해했다.

그때 새삼 깨달았다. 나는 이 이야기를 듣고도 슬프지 않구나. 부모님이 어떤 결정을 내리든 별 감정이 들지 않은 지 꽤 되었다는 생각이 들었다. 어쩌면 그건 두 분에 대해 더 이상 기쁨이나 행복을 느끼지 않는다는 뜻이었다. 걱정과 슬픔은 애정으로부터 온다. 행복과 기쁨도 마찬가지다. 나는 부모의 일에 아무것도 느끼지 않음으로써 부모님과 멀찌감치 거리를 둔 채 살아왔다.

가족에게 딱히 친밀감을 느낀 적이 없었다. 모여 살아도 각자 따로 지내는 느낌이었다. 아빠는 일하는 기계 같았고, 네 식구 먹고살 생활비를 벌어주는 대신 집에선 손 하나 까딱하지 않았다. 살가운 대화를 나눌 줄도 몰랐고, 자식들 크는 것은 물론 엄마와 우리의 정서적인 부분에도 관심이 없었다. 그렇다고 나쁜 아빠라고 하기엔 뭣했다. 그저 가족 같지도 남 같지도 않은 사람이었을 뿐.

그런 아빠 때문에 엄마도 스트레스를 많이 받았을 것이다. 집안 살림과 자식들 키우는 일에 아빠의 병간호까지 전부 엄마 몫이었으니까. 그래서인지 엄마는 가족들에게 스위치를 끄고 있는 느낌이었다. 맡은 바 임무는 확실히 했지만 마음을 살피거나 사소한 대화를 나누는 일은 거의 없었다. 부모님이 마음을 안 여는 것 같으니까 나 역시 허물없이 다가가기가 어려웠다. 그냥 차려준 밥 먹고, 학교 다니고, 일이 생기면 보고하고. 가족이라기보다 직장 동료처럼 지냈다. 표면적인 사이라는 말이 더 맞을 것 같다.

하지만 집이 의지할 수 있는 곳이 아니라는 사실은 나에게 가장 큰 구멍이었다. 집에 가면 편안하고 든든한 느낌이 들어야 하는데 그 어느 곳보다 집이 편치 않았다. 가족들은 서로에게 별로 관심이 없었고, 다들 자기 삶을 사느라 바빴다. 그러니 나도 내 삶에 몰두하는 게 맞는 것 같은데, 사실 10대 때 내 삶이란 게 딱히 뭐가 있는가. 아빠한테 투정 부리고 엄마한테 짜증 내고 밖에서 못 하는 얘기도 하면서 위로받고 그러는 건데, 그래본 적이 없었다.

우리 집은 보기 좋고 먹음직스럽게 만들어진 식당 앞 음식 샘플 같았다. 틀림없이 진짜처럼 보이지만 결국 가짜인. 냄새도 맛도 없는 실리콘 모형. 나는 그걸 바라만 보는 손님이었다. 하지만 음식 샘플을 가장 많이 들여다보는 사람은 손님이다. 그것에 마음을 뺏기고 마는 사람 역시 손님이다. 가게 주인이었던 엄마와 아빠는 가게 밖 손님을 살필 겨를이 없어 보였다.

그렇지만 자기 역할에는 최선을 다했다. 그런 이유로 원망조차 할 수 없었다. 부모님이 '내가 너에게 못 해준 게 뭐냐?'고 묻는다면 딱히 할 말이 없었다. '사랑을 주지 않았잖아요. 나에게 관심도 없었잖아요'라고 말하면 그저 사랑과 관심을 구걸하는 어린아이가 돼버린다. 그러나 이제껏 부모님과 떨어져 산다는 생각을 해본 적 없는 나는 여전히 어린아이가 맞다. 이미 어른이지만 부모님 보호 아래 사는 아이. 그런 나를 누구보다 자연스럽게 여기는 줄 알았던 엄마가 그 삶으로부터 떠나겠다고 말하고 있었다.

엄마의 요구를 거절할 수 없다는 걸 직감적으로 알았다. 엄마는 지금이라도 자유로워지고 싶은 것이다. 결혼 생활을 끝내는 졸혼보다, 식구들 육아를 끝내는 졸육을 하고 싶은 것이다. 엄마는 너무나 오랫동안 많은 사람을 돌보며 살아왔다.

빈집에 들어와 내 방 침대에 걸터앉으니 온몸에 힘이 빠졌다. 아빠는 진짜 가는 것인가. 아빠가 가고 나면 엄마도 떠나는 것인가. 그동안 아닌 척하며 지켜온 이 가정이 뿔뿔이 흩어지는 것인가. 밀려오는 생각에 서서히 눈물이 고였다.

흐르는 눈물을 방치하며 옷장 문을 열었다. 줄줄이 걸린 코트 뒤를 헤집어 수많은 술병 가운데 어제 마시다 만 양주를 꺼내 옷장 앞에 쭈그려 앉아 들이켜기 시작했다. 울음이 터져 나올 것 같은 목 안으로 부리나케 알코올을 집어넣었다. 사흘 동안 물 한 잔 못 마신 사람이 해갈하듯 양주를 목 안으로 들이부었다. 기도가 움츠러들 만큼 센 도수에 몸이 놀랐는지 삐져나오려던 울음이 쑥 들어갔다. 얼마 안 있어 꼬꾸라지듯 잠이 들었다.

대낮이 다 되어 방바닥에서 눈을 뜨니, 옆에는 빈 양주병이 뒹굴고 있었다. 엉거주춤 일어나 휴대폰을 찾았다. 엄마에게서 부재중전화와 문자가 와 있었다.

엄마 짐 가지러 집에 들렀다 다시 병원 왔다.
안 바쁘면 이따 얘기 좀 해.

어제 못다 한 이야기가 남았나. 나한테 따로 할 말이라도 있나. 비틀거리듯 일어나 외출 준비를 했다. 메일함을 확인하니, 강 피디에게서 작업 의뢰는 아직 와 있지 않아 시간 여유가 있었다.

지금 병원으로 갈게.

대학교 1학년 때 처음으로 술을 마셨다. 집에는 음주를 즐기는 어른이 없었고, 고등학교 시절까지 학교와 집만 오가느라 또래 사이의 유흥이라고는 경험한 적이 없었다. 대학생이 되자마자 시작된 음주문화는 낯설었지만 살면서 해본 일 중 가장 적응하기 쉬웠다. 내 몸은 이미 술을 알고 있었다.

입학식을 마치고 신입생은 모두 참석해야 한다는 엠티형 오리엔테이션이 열렸다. 피지 냄새 나는 신입생 마흔여 명과 2학년 선배들 열댓 명이 대성리 엠티 촌의 허름한 방에 모였다. 이른 오후가 되자 분위기가 술렁이기 시작했다. 선배들은 미성년티가 그득한 신입생들을 불러 모으더니 둥그렇게 앉으라고 명령했다. 2학년 과 대표로 보이는 선배는 양손에 라면 하나 끓이기 적당한 크기의 맥주 색깔 양푼과 소주를 들고 진지하게 선언했다.

"우리 과에는 특별한 신입생 환영식이 있다. 이 사발에 소주를 가득 따라서 마시는 거야. 일명 사발식이지. 중간에 끊기 없기. 빼기 없기. 무조건 원샷. 쓸데없는 핑계 대면서 빠지는 사람 없도록."

듣는 동안 '웃기고 있네'라는 말만 떠올랐지만 뭣도 모르는 신입생에게 반항하거나 거부할 패기는 없었다. 선배는 어디서 구해 왔는지 모를 그 양푼에 소주를 가득 들이부었다. 그러고는 시범 보이듯 전부 마시고 거꾸로 들어 탈탈 털었다. 선배의 머리 위로 소주 몇 방울이 후드득 떨어졌다. 다른 선배들이 "에이!" 하고 놀리자 그는 보란 듯이 소주병을 하나 붙잡고 병나발을 불기 시작했다. 그 모습에 모두가 환호성을 질렀다.

선배는 으쓱해하며 자기 옆에 앉은 남자 신입생에게 양푼을 넘긴 후 소주를 콸콸 부었다. 좁은 공간에 적막이 내려앉았다. 두 손으로 양푼을 든 동기는 작심한 듯 눈을 질끈 감더니 소주를 들이켰다. 잠시 후 그가 찡그린 얼굴로 "크으" 하며 양푼을 머리 위로 들어 보이자 방 안에는 박수와 환호 소리가 울려 퍼졌다. 그는 옆에 앉은 여자 동기에게 잽싸게 양푼을 전달하고는 그 안에 자비 없이 소주를 따랐다. 양푼을 쥔 여자 동기의 입꼬리가 덜덜 떨렸다. 나를 포함한 신입생들은 곧 자신에게 다가올 비극을 예상하며 한숨조차 내뱉지 못한 채 속도감 있게 진행되는 사발식을 직관했다. 얼마 지나지 않아 내 차례가 왔다. 다들 그랬듯 소주를 원샷 했고 그다음 일은…… 기억 안 남.

다음 날 아침, 뒤통수에 바위 하나가 달린 것 같은 두통을 느끼며 눈을 떴다. 주위를 둘러보는데 동기들과 선배들이 나와 눈을 마주치지 않으려 안간힘을 쓰는 게 보였다. 학번이 앞뒤로 이어져 의도치 않게 붙어다녔던 동기 민정은 누가 들어도 눈치챌 만큼 많이 순화해서 전날 상황을 들려주었다. 사발식 당시 양푼 가득 담긴 소주를 다 마신 나는 술의 쓴맛에 괴로웠는지 앞에 놓인 새우깡을 양손으로 퍼먹기 시작했다고 한다. 그러다 고개를 떨구고 한 시간쯤 꾸벅꾸벅 졸다가 어느샌가 푹 자고 일어난 것처럼 멀쩡한 얼굴로 앉아 있었다고. 그런데 갑자기 소주를 종이컵에 따르고는 연거푸 마셨다고 한다. 처음 보는 신입생의 패기 어린 모습에 '잘한다-잘한다' 손뼉을 치던 선배들은 같이 마시자며 주변에 둘러앉았지만, 나는 누구와도 눈을 마주치지 않고 술잔만 비웠다고 한다. "안주도 먹어가면서 마셔!" "나도 좀 따라줘" 하고 엉겨 붙는 동기나 선배에게 "꺼져" "저리 가" "언제 봤다고 지랄이야!" 하며 발길질하거나 못 들은 척 혼자 병나발을 불다가 갑자기 콱 꼬꾸라졌다고 한다. 처음에는 장난인 줄 알았는데 말만 걸면 이상하게 변하는 나를 동기들과 선배들은 포기하고 내버려뒀다고. 끝까지 취한 나는 바닥에 얼굴을 댄 채 웅얼웅얼 혼잣말을 내뱉다 잠이 들었다는 것이다.

이후 새벽에 일어나더니 방바닥을 기어다니며 토했고, 잠시 잠들었다가도 금세 눈을 떠 속이 쓰리다며 소리지르고 몸부림쳤다고 한다. 그러는 와중에도 목마르다고 소주병을 잡더니 병나발을 불더라는 이야기를, 민정은 차마 못할 말을 하게 됐다는 얼굴로 전했다.

가관이었던 건 새벽 내내 남자 선배 하나와 볼썽사납게 붙어 있었다는 이야기였다. 느지막이 일어나 방 안에 있던 화장실 거울 앞에 섰을 때 목 아래로 울긋불긋한 멍자국이 두어 개 보였다. 이게 왜 있지? 벌레에 물렸나? 화장실을 빠져나와 방 안을 둘러보는데 사람들이 일제히 나와 눈을 피했다. 싸한 분위기를 봐서 단순히 벌레 자국이나 멍든 건 아닌 것 같았고, 키스 마크인 듯했다. 대체 누가 내 목에 키스 자국을 남겼단 말인가. 아무리 떠올려봐도 기억나지 않았다.

민정의 이야기를 잠자코 들으면서도 정말 내 이야기가 맞는지 알 수 없었다. 태어나서 처음 마셔본 술. 기억조차 안 나는 어젯밤 이야기. 그리고 낯설기만 한, 아니 경악할 만한 내 모습. 진짜? 그게 나라고? 에이 거짓말하지 마, 라고 말하려 했지만 민정의 얼굴은 너무나 진지했고, 중간중간 두려움마저 느껴져 잠자코 듣고 있을 수밖에 없었다.

민정의 말이 다 끝나고서야 겨우 한마디 했다.

"미안해."

민정은 괜찮다고 말했지만, 전혀 괜찮아 보이지 않았다. 나중에 들으니 새벽의 그 모든 뒤치다꺼리를 민정 혼자 도맡아 했다고 한다.

그날 이후 나는 과에서 '술또라이'라고 불렸다. 내일이 없는 사람처럼 마셔대는 꼴을 보아하니 지독한 술꾼이 틀림없다며 일부러 술자리에 부르는 선배들도 있었다. 하지만 나는 오리엔테이션 이후 모든 술 모임을 피하고 민정과도 거리를 뒀다. 민정은 그런 나를 원망스러워하는 것 같았지만, 다른 사람들처럼 민정 역시 나를 술또라이라고 여기는 편이 차라리 속 편했다.

대학생이 된 딸의 첫 번째 외박이었던 오리엔테이션을 궁금해하는 부모님께는 적당히 둘러댔다. 사발식을 했다고 하니 아빠는 반쯤 장난스럽게 아직도 그러고들 있느냐는 표정을 지었고, 엄마는 눈이 휘둥그레지며 "그래서 그걸 다 마셨어? 너도?"라고 물었다. 사발식이라는 말에 이렇게 놀라는 엄마가 오티에서 내가 한 짓을 들으면 어떤 반응을 보일까. 앞으로 술에 관해선 부모님께 솔직할 수 없으리라는 걸 예감

하며 중얼거렸다.

"그냥 마시는 척만 했어. 넘어가주더라고."

엄마는 안심한 듯 고개를 끄덕이며 말했다.

"술 준다고 막 마시고 그러지 마. 특히 너는 더 조심해야돼. 우리 집안이 그래."

대체 무슨 소리인가 싶어 엄마를 쳐다보니 단언하던 모습과 달리 더 말을 잇지 않았다. 괜히 딴청을 부리며 부엌으로 가는 엄마의 뒷모습을 보며 아빠에게 물었다.

"무슨 말이야?"

아빠는 엄마를 흘끗 보더니 입술만 움직여 작게 말했다.

"느그 외할아버지가 술을 많이 좋아하셨다. 엄마가 외할아버지 때문에 고생 좀 했다 아이가."

엄마는 돌아가신 자기 아버지를 두고 흉이라도 볼까 봐부엌에서 설거지하며 거들었다.

"우리 집은 그만큼 술에 약한 거야. 내가 너희 아빠 술 안좋아하는 거, 그거 하나 보고 결혼했어. 그러니까 너도 술은안 돼."

거기까지만 들어도 할아버지의 음주벽이 만만치 않았으리란 게 짐작이 갔다. 할아버지도 나처럼 술 마시면 사람이 막 변하고 그랬을까? 내가 그걸 물려받은 건가? 어렸을 때부터 외가에 갈 때마다 내가 뭘 하든 인자하게 웃기만 하시던 할아버지 모습이 생각났다. 어린 마음에 할아버지는 말수도 적고, 온화하신 분이라고 생각했었는데. 아빠의 이야기를 듣고 나니 나의 기벽이 난데없이 시작된 건 아니라는 사실에 조금 안심이 됐다. 가족력일 수도 있겠구나 싶었다.

예정된 수순이었는지 오티 이후로 자꾸 술 생각이 났다. 단 한 번 맛본 술에 이미 사로잡힌 느낌이었다. 창피하고 괴로운 기억이 희미해져갈 즈음, 취했을 때의 기분이 다시 궁금해졌다. 이번에는 그렇게 안 마실 수 있지 않을까. 적당히 마시면 괜찮지 않을까. 처음 마셔본 술맛을 기억해내는 것만으로도 입안에 활기가 돌았다.

아빠가 입원한 병원으로 향하는 길에 어제 들렀던 편의점이 눈에 들어왔다. 잠시 고민했지만, 양주의 취기가 아직 남아 있어서 더 보충하지 않아도 될 것 같았다. 매일 보는 가족을 만나러 가는 길에 나처럼 술기운이 필요한 사람이 또 있을까. 이건 나의 문제일까. 우리 집의 문제일까. 아니면 술이 문제인 걸까.

병원 입구에서 엄마에게 전화해 휴게실로 올라가겠다고 하니 지하 카페에서 보자고 했다. 병원 지하에는 식당과 프랜차이즈 카페, 의료용품 판매점과 병문안용 선물 가게 등 입원환자들과 문병객들을 위한 상점이 몇 개 늘어서 있었다. 엄마가 말한 카페로 들어가서 벽에 붙은 메뉴판을 보니 갑자기 허기가 졌다. 마음 같아서는 황태해장국에 밥이라도 말아 먹고 싶었지만 끼니가 될 만한 것은 빵 쪼가리밖에 없었다. 카운터로 가 베이글과 아메리카노 세트를 주문하고 구석 자리에 앉았다.

베이글에 크림치즈를 발라 한 입 베어 물었지만 잘 넘어가지 않았다. 차가운 커피를 홀짝이며 억지로 밀어 넣고 있으니, 출입구 쪽에서 엄마가 보였다. 엄마는 입고 있던 포도주색 누빔조끼의 옷깃을 여미며 다가와 뚱하게 한마디 했다.

"이게 밥이야?"

대답 대신 빵을 내밀자 엄마는 손을 내저었다. 퍽퍽한 빵을 씹으며 물었다.

"웬일로 여기로 불러내고?"

엄마는 평소와 다르게 주변을 살피더니 내 얼굴을 빤히 쳐다봤다. 컵에 꽂힌 빨대에 입을 대며 대꾸했다.

"왜?"

엄마는 시선을 거두지 않은 채 의자에 등을 대고 팔짱을 끼면서 말했다.

"너 술 언제까지 마실 거야?"

아침에 집에 들렀을 때 뎅구는 양주병 옆에 뻗어 있는 나를 봤나 보다. 별일 아니라는 듯 베이글에 크림치즈를 바르며 말했다.

"알았어."

그러자 엄마는 내 손목을 잡아챘다. 그 바람에 들고 있던 빵 조각이 접시 위에 떨어졌다. 어제부터 이상한 엄마를 원망하듯 쳐다봤지만 엄마는 시선을 피하지 않고 오히려 손에 힘을 주며 말했다.

"엄마가 모르는 것 같지? 다 알아. 너 맨날 술독에 빠져 사는 거. 엄마 다 알아."

나는 엄마의 손을 가볍게 뿌리치며 말했다.

"오버하지 마."

"오버? 옷장에 술병이 그득한데도?"

"버릴 거야."

시선을 피한 채 손가락으로 빵을 뜯고 있는데 엄마가 대뜸 물었다.

"다 엄마 때문이지?"

갑자기 무슨 소리인가 싶어 고개를 들었다.

"뭔 소리야."

"엄마 기억에 너, 엄마 그 일 있고 나서부터 술이 는 것 같아. 맞지?"

"그 일이라니."

일부러 모르는 척하며 엄마를 봤다. 이번에는 엄마가 시선을 피하며 웅얼거렸다.

"너 대학생 때 엄마가 잘못한 일. 그거 때문에 술 마시기 시작한 거 맞잖아. 그래서 엄마는 속상한 거야."

엄마가 '그 일'이라는 표현으로 얼버무리며 뒤늦게 옛날 일을 끄집어내는 모습에 심사가 뒤틀렸다. 쥐고 있던 빵을 던지듯 내려놓으며 말했다.

"그 일, 뭐? 무슨 말인지 모르겠는데?"

대놓고 빈정거리는 나를 보고 엄마는 말없이 입술을 깨물었다. 이어 깊은 한숨을 내쉬며 테이블에 팔꿈치를 기대고 머리를 받쳤다. 두통이 느껴지는지 손가락 몇 개로 머리를 지그시 누르며 말했다.

"알코올중독 치료 받아보는 거 어떠니."

"뭐?"

"어렵게 생각하지 말고 병원 가서 상담부터 받아보자."

나는 코웃음을 쳤다.

"무슨 소리야. 알코올중독이라니. 내가?"

이미 예상한 반응이라는 듯 차가운 얼굴로 나를 보는 엄마에게 쏘아붙였다.

"술 좀 마신다고 알코올중독이면, 대한민국 사람들 다 병원 가야 돼."

엄마는 더 이상 말을 잇지 않고 나를 바라봤다. 그 시선에 점점 가슴이 떨려와 거칠게 말을 내뱉었다.

"엄마 왜 그래? 어제는 각자 살자고 하더니, 오늘은 병원엘 가라고? 우리가 모르는 뭔 일이라도 있어? 혹시 또야?"

엄마가 꺼낸 '알코올중독'이라는 말에 발작 버튼이라도 눌린 듯 멋대로 지껄였다.

"내 일은 내가 알아서 해. 그러니까 엄마는 엄마 삶에나 신경 쓰세요. 술에 대해서도 상관하지 마. 나 어린애 아니야."

거기까지 내뱉고는 의자에서 일어났다. 먹다 남은 빵과 커피가 담긴 쟁반을 수거대 위에 내팽개쳤다. 질렸다는 표정으로 머리를 부여잡고 있는 엄마를 외면하듯 출입문으로 향하며 말했다.

"집에 가. 지금부터 내가 있을 테니까. 잠 좀 자고 내일 와."

씩씩대며 병원을 빠져나왔다. 뭐, 알코오올중도옥? 웃기고 있어. 병원을 가보라고? 참 나. 아빠 때문에 병원에 오래 있다 보니 자기가 의사인 줄 아나 보지? 난데없이 봉변당한 것처럼 가슴이 쿵쾅거렸다. 이럴 때 해결책은 하나밖에 없다. 그러나 지금 바로 술을 찾으면 나를 알코올중독자라 재단하는 엄마의 말에 힘을 실어주는 꼴이 된다. 초조함을 가라앉히기 위해 병원 주변을 잰걸음으로 걸었다. 하지만 이마에 땀이 맺힐 때까지 몇 바퀴를 걸어봐도 갈망은 쉽게 사라지지 않았다. 오히려 갑자기 늘어난 활동량에 심장박동이 빨라지면서 미친 듯이 갈증이 났다.

씩씩거리며 같은 장소를 열 바퀴쯤 더 돌고는 길 건너 보이는 편의점으로 들어갔다. 음료 냉장고를 열어 깊숙이 있는 소주 한 병을 꺼내 계산을 치르고 편의점 앞 플라스틱 의자에 앉아 벌컥벌컥 마셨다. 지나가는 사람들의 흘끔거리는 시선이 느껴졌지만 알 게 뭐야, 씨. 금세 소주 한 병을 비우고 다시 편의점으로 들어가 길쭉한 맥주 네 캔을 사서 병원으로 향했다.

병원 입구에서 나눠주는 마스크를 끼고 입원실로 들어갔다. 비닐봉지 소리를 들었는지 아빠가 실눈을 떴다.

"왔나. 엄마 방금 갔다."

"네. 오늘은 내가 있을 거야."

침대 옆 캐비닛에 비닐봉지를 집어넣는 걸 보고 아빠가 물었다.

"뭐 사 왔노? 아빠는 묵지도 못하는데."

"집에 가져갈 거. 퇴원은 언제래?"

"모르지. 널이나 모레엔 할런가. 요샌 오래 입원하는 사람 안 좋아한다."

내가 옆에 서자 아빠는 누운 채로 꾸물꾸물 이동해 공간을 만들었다.

"여기 앉아라."

아빠의 허벅지 옆 빈틈에 엉덩이를 걸치고 앉았다. 자연스레 아빠를 바라보는 자세가 되어 어색함에 고개를 떨궜다. 사십 평생을 아빠와 한집에 살았는데 마주할 때마다 무슨 말을 해야 할지 알 수 없었다. 그런데 아빠가 본격적으로 투병 생활을 하면서부터 사이가 조금 좁혀진 느낌이 든다. 나의 연민 때문일까. 아빠가 약해졌기 때문일까. 이유야 어찌 되었든 더 이상 아빠를 남처럼 대하지 못하게 됐다.

하지만 늘 식구보다 자신을 우선시했던 아빠의 차가움은 평생 녹지 않을 얼음처럼 마음에 남았다. 그래서인지 우리 없이는 아무것도 못 하는 아빠의 지금이 고소하다는 생각도 들었다. 아빠는 이제 우리 없으면 안 되지? 하지만 우리는 아빠 없이도 잘 살 수 있어요. 아빠가 우릴 그렇게 만들었어요.

아빠의 시선을 피하듯 창가를 바라보니 잔뜩 흐린 하늘이 눈에 들어왔다. 밖에 있을 때만 해도 느끼지 못한, 깨끗하지 않은 대기가 창문으로 보였다. 나를 따라 말없이 창밖을 보던 아빠가 문득 내뱉었다.

"엄마가 뭐라 안 하드나?"

고개를 돌려 아빠를 봤다. 아빠는 눈을 반쯤 감은 채 말을 이었다.

"아빠 가면 느그들도 살 궁리해야제. 아빠가 할 말이 없다. 나름대로 열심히 한다고는 했는데, 잘 안 됐다."

평생 들어본 적 없는 말을 아무렇지도 않게 읊조리는 아빠를 보며 어떻게 반응해야 할지 난감했다. 말없이 시선을 떨구자 아빠는 독백하듯 말을 이어갔다.

"아빠는 마누라랑 자식들한테 어찌하는 게 잘하는 건지 몰랐다. 그냥 밥 안 굶기고 공부시키면 되는 줄 알았다. 근데 그런 게 아니었제? 느그들한테는 부족한 게 많은 사람이었제?"

마치 유언을 남기듯 묵직한 말을 이어가는 아빠가 당황스러워 멍하니 창밖만 바라보았다. 그러다 고개를 돌리니 아빠는 지친 얼굴 위로 미소를 머금고 있었다.

"왜 그런 말을 해요."

내 말에 아빠가 대답했다.

"이상하나. 아빠가 안 하던 말 해서."

아빠의 눈가에는 어느새 눈물이 고여 있었다.

뭐야, 갑자기. 이제 와서 좋은 아빠 행세하려는 모습에 짜증이 올라왔다. 하지만 이런 게 또 인간이지 싶어 말문이 막혔다. 아빠가 살날이 얼마 남지 않은 것 같다는 엄마의 말이 머릿속을 맴돌았다. 이럴 땐 장단을 맞춰줘야 하나. 아빠가 원하는 딸의 모습을 연기라도 해야 하나. 하지만 그런 것 따위 자신 없는 나는 마스크를 벗으며 툭 내뱉었다.

"술 냄새 나지?"

아빠는 아무것도 모른다는 표정으로 물었다.

"술 마셨나?"

"네. 대낮부터 마셨어. 나 만날 술 마셔요."

마치 인정하듯 말을 뱉고 나니 온몸이 떨리기 시작했다. 내가 술을 마시고 있다는, 통제할 수 없을 만큼 취한 채로 살고 있다는 사실을 가족에게 처음으로 고백하는 순간이었다. 심장이 두근거리면서도 이상하게 몸에 들어가 있던 힘이 쑥 빠졌다. 호흡을 가다듬듯 깊은숨을 내쉬니 가슴으로 시원한 바람이 횡 들어왔다.

"왜. 술을 왜 그리 마시는데."

갑자기 눈물이 날 것 같아 창밖으로 시선을 돌리며 말했다.

"이제 안 마실 거야."

"그래, 잘 생각했다. 술 그기 뭐가 좋다꼬."

아빠는 이제껏 내가 술을 마셔온 사실을 모르는 사람처럼 반응했다. 하지만 모를 리 없었다. 아프고 나서부터 좀처럼 깊은 잠을 자지 못하는 아빠는 매일 밤이 되면 내가 몰래 집을 빠져나가 술을 사 온다는 걸, 그것도 모자라 새벽마다 취한 채로 또 다른 술을 구해 온다는 사실을 모를 리 없었다. 아빠는 밤이 되면 그저 거실이나 부엌에 나오지 않는 것으로 나의 음주를 모른 척해왔던 것이다. 그렇다면 아빠는 나에게 해준 게 없지 않다. 적어도 내 숨통을 트이게 해줬으니까.

그날은 종일 아빠 곁을 지켰다. 침대 옆 서랍 정리도 하고 약도 챙겨드리고 병원식 드시는 것도 지켜봤다. 저녁에는 서랍 안에 있는 엄마의 성경책을 꺼내 읽었다. 도통 무슨 말인지 알 수 없었지만, 그걸 읽는 것이 여기서 할 수 있는 유일한 일인 것처럼 책장을 넘겼다. 그러다 어떤 구절이 눈에 들어왔다.

예수님이 제자들과 길을 걷고 있는데 나병환자가 다가와 당신이라면 자기를 깨끗이 낫게 할 수 있다고 확신에 차 부르짖었다. 그러자 예수님이 "내가 하고자 하니 깨끗하게 되어라"라고 말했고 곧 그의 나병이 깨끗이 나았다는 것이다.*

판타지 소설이야 뭐야. 예수님은 이은결인가. 얼토당토 않은 전개에 웃음이 나왔다. 하지만 이상하게도 마음이 동요해 휴대폰으로 그 구절을 찍어두었다. 뒤에는 또 뭐가 쓰여 있나 성경책을 휘리릭 넘겨보는데, 명함 하나가 툭 떨어

---

* 가톨릭 성경 《마태오복음》 8장 2~4절.

졌다.

우리인쇄복사

대표 박창수

아무렇지 않은 척 명함을 다시 성경책에 끼워 넣으며 생
각했다. 예수님, 이 사람과 우리 엄마의 과거도 깨끗하게 하
실 수 있나요.

2
부

대학교 2학년 때, 당시 고등학생이던 정운이 저녁에 집에 오자마자 내 방에 부리나케 들어와 방문을 잠갔다. 이윽고 거친 숨소리를 가다듬으며 속삭였다.

"엄마가 바람피우는 것 같은데."

"……뭔 소리야, 그게."

오늘은 또 무슨 헛소리를 지껄이나 싶어 정운의 무릎을 세게 발로 찼지만, 정운의 표정은 바뀌지 않았다. 뒤이어 자신이 본 장면을 숨 한번 쉬지 않고 쏟아냈다.

아빠의 병세가 호전되고부터 엄마는 집 근처 성당에 나가기 시작했다. 정운은 엄마에게 맞춰주겠다는 심산으로 한두 번 따라갔다고 한다. 그때마다 마주치는 아저씨가 있었다고. 이상하게 '촉'이 발동해 이후에는 엄마가 오란 말을 하지 않아도 '뒷조사차' 따라나섰다고 한다.

그리고 몇 주가 지난 그날, 학원에서 돌아오는 길에 횡단보도 반대편에서 엄마의 등을 손으로 받치고 있는 아저씨를 봤다는 거였다. 부랴부랴 근처 건물 출입문 뒤에 숨어서 두 사람의 움직임을 지켜봤더니 횡단보도를 건너온 두 사람은 한산한 골목 입구에 이르자 손을 맞잡았고, 아저씨는 누가 볼세라 그 손을 자기 등 뒤로 숨겼다고. 그리고 두 사람은 한참 앞을 향해 걸어갔다는 이야기를 속사포처럼 던져놓고 나서 정운이 물었다.

"어떻게 생각해?"

가슴만 두근거릴 뿐 선뜻 대답이 나오지 않았다.

"아, 말 좀 해봐!"

정운이 재촉했다.

"확실해? 엄마 맞아?"

정운은 어이가 없다는 듯 어금니를 꽉 깨물고 말했다.

"내가 설마 다른 아줌마 보고 엄마라고 할 거 같냐? 나 눈 2.0, 2.0이야."

대장암을 극복하고, 육체의 회춘에 이어 마음에도 봄이

찾아온 아빠라면 모를까 엄마가 바람을 피우다니. 도무지 믿기지 않았다. 정확히 말하면 재주도 좋다는 생각이 들었다. 엄마가 가는 데라곤 집이랑 아빠 병원, 성당뿐인데. 아니나 다를까 상대는 같은 성당에 다니는, 동네 어딘가에서 인쇄물 출력소를 운영하는 사람이라고 했다.

"그걸 어떻게 알아?"

"사람들이 그 아저씨 보고 사장님 사장님 하더라고? 그래서 옆에 있던 어른한테 어디 사장님이냐고 물어봤어. 그랬더니 동네에서 인쇄물 출력 가게를 한다는 거야. 나 정보력 장난 아니지?"

이후 쉴 새 없이 떠들어대는 정운의 말이 더는 들리지 않았다. 엄마가 진짜 바람을 피운다면 우리 집은 어떻게 되는 거지? 겨우 건강을 회복한 아빠는? 결론은 이혼인가? 그럼 우리 네 식구는 뿔뿔이 흩어지는 건가? 연이어 휘몰아치는 비극적인 상상에 몸이 서서히 차가워졌다. 그사이 정운은 남자의 인상착의를 설명했다.

"할배 느낌은 아니었는데 머리가 엄청 희었어. 바람피우는 주제에 염색도 안 하나 봐. 안경 꼈고, 나이는 아빠랑 비슷해 보이던데. 엄마랑 서너 살 차이쯤?"

갑자기 등장한 아빠라는 단어에 놀란 심장이 빠르게 뛰었다. 한참을 멍하니 앉아 있다 겨우 내뱉은 말은 한심하기 짝이 없었다.

"엄마랑 아빠, 이혼할까?"

정운은 벽에 등을 기대 미끄러지듯 바닥에 앉으면서 한숨을 쉬었다.

"하. 몰라. 엄마 갑자기 왜 그런데?"

"엄마한테 물어볼까?"

"미쳤냐? 뭐라 물어보게? 내가 엄마 봤다고? 이혼할 거냐고?"

"아빠는 알고 있을까."

"모르지! 알아도 아빠 할 말 없을걸. 그동안 엄마 제일 힘들게 한 사람이 아빠 아니냐?"

엄마를 제일 힘들게 한 사람은 사실 너 아니냐. 그렇게 대꾸할 힘도 없었다. 갑자기 어지러워 바닥에 이불을 아무렇게나 깔고 누웠다. 억지로 눈을 감고 숨을 가다듬는데도 정신은 점점 또렷해졌다.

그날 엄마는 밤 11시가 돼서야 귀가했다. 방문 밖으로 정운과 엄마의 대화가 들렸다.

"왜 이렇게 늦게 와."

"미안, 미사 후에 구역 모임이 길어졌네."

하나 마나 한 대화 소리가 점점 멀어질 즈음, 나는 잠에 빠져들었다.

다음 날 등교 준비를 하는 정운 옆에 바짝 붙어 섰다.

"아, 뭔데."

"그 아저씨 가게 어딘 줄 알아?"

"누구? 엄마 애인? 몰라. 왜?"

"그냥."

"성당에서 안 멀지 않겠냐? 왜, 가보게?"

"미쳤냐?"

하지만 미쳤던 나는 찾아가보기로 했다. 인쇄물 출력 가게라면 그리 어렵지 않게 찾을 수 있을 것 같았다. 그러나 정작 찾아가려니 어디서부터 어떻게 시작해야 할지 막막했다. 무작정 동네를 돌아다닐 수도 없고.

그날 수업을 마치고 일단 성당으로 갔다. 웅장한 벽돌색 건물을 마주하니, 앞에 서 있는 것만으로도 주눅이 들었다. 신자도 아닌데 그냥 막 들어가도 되나. 들어가면 입구에서 하느님을 믿느냐고 물어보려나? 안 믿는다고 하면 썩 꺼지라고 할까?

도저히 정문으로 들어갈 용기가 나지 않아 두리번거리는데 건물 뒤로 이어지는 듯한 샛길이 보였다. 좁은 길을 걸어 들어가니 바닥에 돌이 깔린 작은 정원이 나왔다. 거기엔 카페테라스를 흉내 낸 듯 낡은 테이블과 녹슨 의자가 몇 개 놓여 있었다. 그 뒤로 막걸리색 성모마리아 동상이 우뚝 서 있었다. 미사를 드리고 여기 모여서 얘기하고 그러는 건가. 그러다 엄마가 그 아저씨와 눈이 맞은 건가. 무심하게 놓여 있는 의자와 테이블에서 불륜이 시작되었다고 상상하니 소름 끼쳤다. 성모마리아님이 다 보고 계셔, 인간들아.

더 깊이 들어가면 성당 안으로 통하는 문이 있을 것 같아 쭈뼛대며 걸어가자 반대편 구석에 수녀님들이 보였다. 좀도둑질하다 들킨 것처럼 등줄기가 서늘해졌다. 왔던 길을 되돌아가려는데 등 뒤에서 말소리가 들렸다.

"찬미 예수님."

무슨 말이야. 내가 반응하지 않자 다시 목소리가 들려왔다.

"안녕하세요."

68

대놓고 뒤돌지도 못하겠고 못 들은 척 가버리기도 뭐해서 상체를 반만 돌려 눈인사했다. 그러자 한 수녀님이 말했다.

"청년부 자매님? 기도하러 왔어요?"

청년부, 자매, 기도. 나와는 아무 상관 없는 단어들이었지만 일단 고개를 끄덕였다. 먼저 인사를 건넨 수녀님 옆에 서 있던 다른 수녀님이 뒤이어 말했다.

"근데 왜 여기로 들어왔어? 정문 열려 있을 텐데?"

뭐라고 대답해야 할지 몰라 머뭇거리다 잔머리가 돌아가기 시작했다. 순간, 나는 천재임을 확신했다.

"혹시 이 근처에 인쇄나 복사할 수 있는 데가 있을까요? 청년부에서 쓸 문서를 좀 많이 뽑아야 하는데, 아는 데가 없어서요."

왜 여기로 들어왔냐고 묻던 수녀님이 대답했다.

"인쇄? 우리는 사무실에서만 하니까 밖에서 하는 건 잘 모르겠는데."

그러자 옆에 있던 수녀님이 말했다.

"음, 박창수 형제님이 복사 가게 하시지 않아요?"

"아, 박창수 마태오 형제? 맞네."

박창수? 마태오? 그 사람 이름인가? 심장이 나대기 시작했다. 애써 태연한 척 눈동자만 끔뻑이는 내게 처음 말을 걸었던 수녀님이 설명해주었다.

"요 앞 큰길 건너서 좀 내려가면 있는 창미 프라자 알아요? 큰 상가 건물. 거기 있어요. 이름은 기억이 안 나네. 어차피 그 건물에 인쇄하는 데는 거기밖에 없을 텐데."

그 말이 끝나기가 무섭게 멋대로 상상한 청년부 자매의 목소리로 인사하며 성당을 빠져나왔다.

"감사합니다. 또 뵐게요!"

박창수. 마태오. 좀 전까지 아는 것 하나 없다가 한순간에 벅찬 정보들이 많이 모였다. 이래서 사람에게는 종교가 필요한 건가. 엄마도 나처럼 막막한 심정으로 여길 찾아왔을까. 엄마가 믿는다는 하느님에게 조금 감사한 마음이 들었다. 하지만 그날 가게까지 찾아갈 여력은 없었다.

엄마의 소식을 접하고서도 집 안 공기는 그대로였다. 나는 워낙 집에서 말수가 적은 편이었고, 학교다 아르바이트다 바깥에서 보내는 시간이 많았기에 가족들 역시 나의 변화를 눈치채지 못했다. 하지만 당시 나는 그 어떤 것에도 집중하기 어려웠다. 난데없는 엄마의 외도가 충격적이었지만, 그보다 엄마에 대한 혐오감이 당황스러울 정도로 끓어넘쳤다. 아무렇지 않게 부엌에서 밥을 하고, 설거지와 청소를 하고, 식탁에서 성경을 읽는 엄마의 모습이 진심으로 역겨웠다. 밤에 자려고 누우면 박창수랑 손을 잡고 팔짱을 끼고 입을 맞추고 늙고 주름진 두 몸이 얽히고설키는 상상이 싸구려 성인영화처럼 펼쳐졌다. 솟구치는 분노로 온몸에 열이 펄펄 끓었다. 가슴이 불편하게 두근거려서 이불 속에서 일부러 헛기침을 하고 머리를 쥐어뜯고 자세를 뒤척이다 보면 허옇게 날이 밝았다.

아빠를 보는 일도 점점 힘겨워졌다. 처음에는 좀 불쌍하다 싶었는데, 시간이 지나도 동요 없이 자기 일상만을 영위하는 모습에 '아저씨. 지금 상황이 어떤지 알기나 해요? 알 마음은 있고요?'라고 묻고 싶었다. 정운도 자기 생활에 빠져 엄마 일은 까맣게 잊은 것처럼 보였다. 이 집에서 오직 나만 엄마의 외도로 삶이 망가지고 있었다.

쉽사리 잠들지 못한 어느 여름날의 새벽. 부엌에 물을 마시러 나가니 냉장고에 물이 없었다. 늘 생수병을 놔두는 거실 너머 베란다로 나가 물을 찾았다. 그때 왼쪽 베란다와 이어진 안방 쪽에서 미세한 소리가 들려왔다. 누군가가 앓는 것 같은, 숨을 헐떡이는 것 같은, 어떻게 들어도 신음이 분명한 소리가 귀를 파고들었다. 대놓고 들으면 안 되는 소리라는 걸 직감적으로 알 수 있었다.

자세를 한참 낮추어 안방 쪽을 올려다보니, 반쯤 열린 창문 너머로 엄마와 아빠가 위아래로 포개져 있었다. 아빠 아래 깔린 엄마는 매일 입는 원피스 잠옷을 배 위까지 올리고 가슴팍은 풀어 헤친 채 약간은 괴로운 표정으로 눈을 감고 있었고, 아빠는 무릎까지 내려온 잠옷 바지 위로 빈약한 엉덩이를 드러낸 채 엄마의 가슴에 파고들며 거칠게 숨을 몰아쉬고 있었다. 그 옆에서는 선풍기가 부지런히 돌고 있었다. 요 위에서 두 사람이 만들어내는 뜨거운 숨결과 시큼한 공기가 창밖까지 전해졌다. 나는 재빨리 몸을 숙여 베란다를 빠져나왔다. 물 마시는 것도 포기하고 발소리를 내지 않으려 애쓰며 방으로 돌아왔다. 방금 본 장면의 주인공이 나인 양 누구에게도 들키지 않기 위해 이불을 뒤집어썼다. 가슴이 미친 듯이 쿵쾅거리고 온몸에서 땀이 솟구쳤다.

다음 날 엄마는 아무렇지 않게 아침밥을 차렸다. 아빠 역시 식탁에서 엄마가 차려준 밥을 야무지게 비웠다. 하지만 그날부터 나는 집에서 아무것도 먹을 수 없었다. 물도 마실 수 없었다. 다행인지 불행인지 대학에 들어간 이후로 집에서 밥을 먹는 일이 거의 없었으므로 엄마는 이 사실을 눈치채지 못했다. 세상에서 자기 밥이 제일 중요한 아빠는 더욱 몰랐을 거다.

알바비를 쪼개고, 세뱃돈을 넣어둔 통장을 수시로 체크하면서 엄마 밥을 안 먹고도 끼니를 때우는 방법을 궁리했다. 자연스레 중학교 3학년 때 몸무게로 복귀했다. 같은 과 동기들은 마주칠 때마다 뭘 했기에 이렇게 살이 많이 빠졌냐고 궁금해했다. 구차하게 말하기도 귀찮아서 둘러댔다.

"덴마크 다이어트라고 있어."

끼니는 걸렀지만, 매일 기도는 거르지 않았다. 꼬박꼬박 하느님에게 따졌다. 당신을 믿는다는 엄마가 당신 몰래 더러운 짓을 하고 다닌다고. 그 와중에 아빠와의 육체관계도 이어가면서 가족을 기만하고 있다고. 당신의 자녀 최명화와 박창수, 그 죄인들에게 형벌을 내려달라고. 다 됐고, 최소한 고개 들고 성당을 다닐 수 없게라도 해달라고 빌었다. 하느님을 믿는다는 사람들이 그러면 안 되는 거잖아요, 네? 하지만 내 기도는 늘 거기서 멈췄다. 더 깊이 들어가면 내 삶에도 영향을 미칠 것 같았다. 박창수의 삶 따위는 어찌 되든 상관없었지만 엄마의 삶이 망가지면 엄마만 망가지는 게 아니라는 것쯤은 예상할 수 있었다. 그래서 딱 그만큼만 기도했다.

당시 나는 독실한 신자라도 된 양 성실히 하느님을 찾았다. 머릿속에서 멋대로 재생되는 박창수와 엄마의 불륜 행각, 눈앞에 어른거리는 아빠와 엄마의 섹스, 그리고 엄마와 박창수를 향한 저주의 기도만으로도 내 삶은 충분히 더럽혀지고 있었기에 더한 죄를 지어서는 안 된다는 믿음이 생겨났다. 그래서 일상은 최대한 반듯하게 지키려 애썼다. 물론 쉽지는 않았다.

하루는 전공수업을 째고 과 동기 슬기와 학교 앞에서 술을 마셨다. 슬기는 술을 마시기 전에 가슴 위로 십자가를 그으며 기도했다. 그 모습이 웃기기도 하고 낯설기도 해서 물었다.

"너 교회 다녀?"

"아니, 성당."

슬기는 말을 마치기가 무섭게 눈앞에 있는 500시시 맥주 잔을 들더니 숨도 안 쉬고 벌컥벌컥 들이켰다. 독실한 가톨릭신자로 보이는 슬기가 말술을 마시는 모습에 어안이 벙벙

해 질문했다.

"성당 다니는데 술 마셔도 돼?"

"응. 성당은 술 괜찮아. 천주교에서 음주는 죄가 아니야."

"그래? 교회 다니는 사람들은 술 안 마시는 걸로 알고 있는데?"

"교회랑 성당은 달라. 신부님들도 술 존나 마셔. 우리 성당 앞에 호프집이 몇 개 있거든. 주일에 거기 가보면 다 성당 사람들이야. 미사드리고 뒤풀이를 거기서 한다고."

그리고 손을 번쩍 들어 맥주를 추가로 시키는 슬기를 보며 생각했다. 만약 나에게 종교가 생긴다면 그건 천주교일 거라고.

그날 이후 유일한 대학 친구이자 술친구인 술기, 아니 슬기와 자주 술을 마셨다. 아침 일찍 집에서 나와 학교에 간 다음, 수업을 대충 듣고 중간에 빠져나와서 오후부터 문을 여는 주점에 갔다. 슬기가 있을 때도 있었지만, 없을 때도 많았다. 아무리 대낮부터 문을 연다고 해도 가게 문을 열자마자 들이닥쳐 술 달라고 하는 사람은 없었는데, 나는 매일 가게 오픈과 동시에 문을 열고 들어갔다. 술집 알바생은 나를 보면 '또 너구나' 하는 표정을 지었다.

혼자 맥주 피처를 하나 시켜놓고 기본 안주인 강냉이를 먹으면서 맥주를 홀짝거리고 있으면 수업을 땡땡이친 같은 학교 학생들이 기어들어왔다. 혼자 마시고 있는 나를 신기한 듯 쳐다보면서 합석을 권하는 사람도 있었다. 하지만 그들이 어떤 말을 건네든 못 들은 척했다. 인간 따위 더 이상 상대하고 싶지 않았다. 개중에는 자기 말에 반응하지 않는 모습에 열받아 시비 거는 남자들도 있었다.

"벌건 대낮부터 술이나 처먹는 게 도도한 척하네."

그런 말에도 대꾸하지 않았다. 조금 지나면 다 없어질 소동이었다.

혼자 마시다 지치거나 더 이상 마시고 싶지 않은 날에는 수업에 들어갔다. 만취한 채로 시험을 본 적도 있고, 강의실 끄트머리에 앉아서 술기운에 졸다 수업이 끝나 일어나는 날도 많았다. 성적은 점점 엉망이 돼서 3학년 1학기에는 겨우 제적을 면했다. 하지만 아무리 술에 취해 밤늦게 집에 와도 엄마는 없거나 있어도 내가 취해서 들어온지 몰랐다. 독신남인 아빠는 혼자 안방에서 고요히 자고 있었다.

오후 수업을 또 땡땡이치고 술을 마시고 집에 들어온 날, 엄마는 식탁에서 돋보기안경을 쓴 채 성경을 읽고 있었다.

"왔니?"

"어."

술 냄새가 날까 싶어 입을 굳게 닫고 냉장고에서 물을 꺼내 선 채로 마셨다. 엄마는 성경책에서 눈을 떼지 않은 채 말했다.

"점심 먹었어? 카레 해놨으니까 먹어."

"배 안 고파."

성경책에 고개를 떨군 엄마를 쳐다봤지만, 엄마는 나의 시선을 눈치채지 못했다. 문득 시비를 걸고 싶었다.

"거기 좋은 말만 쓰여 있어?"

엄마는 의외의 질문이라는 듯 돋보기 너머로 나를 봤다.

"성경에? 좋은 말도 있고 무서운 말도 있지."

엄마는 뒷말을 기다리는 표정으로 돋보기를 벗었다.

"무서운 말, 뭐?"

엄마는 흥미롭다는 듯 나를 보며 말했다.

"말씀에 순종하지 않으면 멸망이 있을 거라 써 있고, 도둑질하지 말라고 써 있고, 거짓말하지 말라고도 써 있고……."

염치도 없이 거짓말이라는 단어를 내뱉는 엄마가 가소로

위 등을 돌린 채 중얼거렸다.

"그렇구나, 바람피워도 된다는 말은 없지?"

등 뒤로 쏜살같은 침묵이 흘렀다. 예상외로 무거운 정적에 나도 모르게 꿀꺽 침을 삼켰다. 손에 쥔 컵 속의 물이 출렁출렁 흔들렸다. 천천히 엄마 쪽으로 상체를 돌리자 엄마는 넋이 나간 표정으로 나를 바라보다 벽 쪽으로 홱 고개를 돌렸다. 그 모습에 쐐기를 박듯 물었다.

"성경에도 외도는 죄라고 쓰여 있지?"

엄마는 애써 나를 보더니 아무렇지 않은 척 말했다.

"얘는. 갑자기 그게 무슨 말이야."

영문을 모르겠다는 듯 시치미를 떼는 엄마가 혐오스러웠다.

"진짜 무슨 말인지 몰라? 박창수! 마태오! 몰라?"

그 말을 끝으로 유리컵을 거칠게 싱크대 개수대로 던지자 와장창 깨지는 소리가 났다. 엄마는 마치 의자에 몸이 묶인 사람처럼 제대로 일어서지 못했다. 그 꼴이 경멸스러워 엄마 앞에 펼쳐진 성경책을 낚아채 내던졌다. 성경책은 철썩, 하고 떡이 뭉개지는 소리를 내며 바닥에 팽개쳐졌다. 그저 입만 웅얼거리며 엉거주춤 몸을 일으키려는 엄마를 못 본 척하고 집 밖으로 뛰쳐나갔다.

지금 당장 박창수 가게에 가야겠다. 위치를 기억하려 몇 번씩 되뇌었지만, 도무지 갈 엄두는 나지 않던 곳. 오늘이 아니면 언제 가겠어. 콧김을 내뿜으며 걷다 보니 나도 모르게 창미 프라자 앞에 서 있었다. 왕복 6차선 도로 네 개가 맞물리는 스크램블 교차로 한쪽에 웅장하게 서 있는 건물. 두 개의 동으로 이루어진 지하 1층에 지상 5층짜리 건물은 옆으로 널찍한 형태로, 낡은 외관과 다르게 동네의 랜드마크 느낌을 물씬 풍겼다. 건물 외부 주차장에는 평일 낮인데도 차들이 빽빽이 들어차 있었고, 유동 인구도 많았다. 건물 입구에는 층별로 입점한 가게의 이름이 벽면 가득 붙어 있었다. 줄줄이 나열된 점포 이름 사이에서 인쇄복사 글자만 찾았다.

2층 〈우리인쇄복사〉

허름한 계단을 올라가 복도에 다다르니 낯선 전경이 펼쳐졌다. 상가 안은 벽을 둘러친 형태, 즉 커다란 ㅁ자 모양으로 가게들이 늘어서 있고, 그 사이로 좁은 골목이 수없이 나 있어 마치 초대형 미로 안에 작은 상자들이 빼곡히 들어찬 모습이었다. 은행, 문구점, 서점, 옷 가게, 옷 수선집, 마사지 가게, 인테리어 사무실 사이사이 치과와 학원도 있었다. 동네에 이런 공간이 있는지 몰랐기에 한참 어리둥절해하다 가게를 하나씩 둘러보기로 했다.

그러던 중 막다른 길 끝에 세로로 붙어 있는 간판이 보였다. 우리인쇄복사. 그 글자를 마주하자 갑자기 배가 아파 왔다. 어지럽기도 하고, 속이 울렁거리기도 하고, 마음보다 몸이 이상한 느낌이었다. 이대로 집에 갈 수는 없고 그렇다고 딱히 앉을 데도 없어 일단 1층으로 내려갔다.

1층 입구에는 커다란 슈퍼마켓이 있었다. 슈퍼마켓은 입구부터 식재료를 늘어놓은 형태로 장을 보는 주부들로 북적였다. 채소나 두부, 육류를 사는 사람들 사이를 헤치고 들어가 음료 냉장고를 찾았다. 355밀리리터 캔맥주를 하나 꺼내 계산대 위에 올리자 계산원 아줌마가 내 얼굴을 흘끗 보며 물었다.

"학생 아니죠?"

"학생인데요."

"고등학생?"

"대학생이요."

"700원."

부랴부랴 계산을 마치고 상가 뒤쪽으로 난 문을 빠져나오니 야외 주차장이 나타났다. 빽빽하게 주차된 차 중에 청색 트럭이 보여 그 뒤로 가서 쭈그려 앉고는 캔을 따서 벌컥벌컥 마셨다. 차가운 알코올에 배 속의 불편함과 울렁거림이 다스려지는 느낌이었다. 한 캔만 더 마시면 자신감 있게 박창수를 대면할 수 있을 것 같아서 빈 캔을 바닥에 던져 버리고 다시 슈퍼마켓으로 갔다. 355밀리리터 캔맥주 하나를 꺼내 조금 전과는 다른 계산대로 가 계산을 치렀다. 아까 본 계산원 아줌마는 자기 앞 손님을 상대하면서도 나를 흘끔거렸다.

재빨리 트럭 뒤로 가 맥주를 들이켰다. 연거푸 마신 두 캔에 가슴속 두근거림이 잠잠해졌다. 머리도 맑아지는 느낌. 주먹을 불끈 쥐듯 출입문을 열고 2층으로 타닥타닥 올라갔다.

몇 걸음 걷다 보니 어느새 박창수 가게 앞이었다. 열려 있는 출입문 앞에서 어슬렁대는 건 이상해 보일 것 같아 가게 끝으로 갔다. 걸으면서 얼핏 쳐다보니 가게엔 손님이 한 명도 없었다. 카운터로 보이는 자리에 아줌마와 아저씨가 나란히 앉아 있었다. 정운의 말대로 남자는 희끗한 머리에 안경을 썼다. 그렇다면 저 사람이 박창수임이 틀림없다. 옆에 있는 아줌마는 박창수 와이프일까. 그렇다면 일이 너무 커질 것 같은데 어떻게 해야 하지.

냉큼 등을 돌리니 맞은편은 지물포였다. 유리창 뒤로 돌돌 말린 벽지들을 마주한 채 앞으로의 일을 계획했다. 좋은 생각이라곤 하나도 떠오르지 않아 눈을 꾹 감았다. 하느님, 어떻게 좀 해봐요! 지혜를 주옵소서! 한참을 빌고 있는데 등 뒤로 기척이 느껴졌다. 고개만 조금 움직여 살피자 박창수 와이프로 추정되는 아줌마가 지갑을 든 채 가게를 빠져나가고 있었다. 그렇다면 지금, 가게에는 박창수만 있다는 얘기였다. 기도가 통한 것일까.

천천히 등을 돌려 박창수의 가게를 마주했다. 고개를 숙인 채 발걸음을 옮겨 출입문 앞에 우뚝 서니 인기척을 느낀 박창수가 읽고 있던 신문에서 눈을 뗐다.

"어서 오세요."

천천히 고개를 들자 박창수와 눈이 마주쳤다. 그는 여느 손님을 대하듯 입가에만 미소를 띠며 말을 걸었다.

"복사하러 오셨어?"

카운터에서 나와 복사기 앞으로 몸을 옮기는 그를 향해

나는 문 앞에 꼿꼿이 선 채로 대답했다.

"아니요."

박창수는 복사기 전원을 누르던 손을 멈추고 나를 봤다.

"그럼, 뭐 해드려?"

조금 헝클어진 흰머리에 기다란 얼굴. 돋보기처럼 코끝에 걸친 네모난 금테 안경. 숯색과 흰색과 빨간색이 자잘하게 섞인 체크 울 셔츠에 배 중앙까지 착실하게 맨 벨트로 고정한 남색 양복바지. 회색 양말과 검은색 합성피혁 슬리퍼. 길에서 마주친다면 눈에도 안 띌, 흔한 동네 아저씨 그 이상도 이하도 아닌 모습에서 엄마를 연상시키는 부분은 없었다.

눈앞에 무방비로 서 있는 그를 마주하고 나니 도무지 입이 떨어지지 않았다. 얼른 등을 돌려 가게를 빠져나가려고 했지만 누군가가 힘을 줘 발목을 잡고 있는 것처럼 꼼짝할 수 없었다. 아무 말 없이 자신을 응시하는 나를 향해 박창수는 안경을 벗으며 가까이 다가왔다.

"왜 그래요, 학생. 어디 아파요?"

예사롭지 않은 나의 안색을 확인하고 놀란 듯 그는 얼른 몸을 움직여 등받이 의자 하나를 내왔다.

"일단 앉아요."

이게 아닌데. 하지만 갑자기 머리가 핑 돌아 박창수가 내민 의자에 쭈뼛쭈뼛 앉았다. 그사이 그는 잽싸게 챙겨 온 종이컵을 내밀었다.

"물 좀 마셔봐요."

종이컵을 받아 쥐자 며칠 전의 저녁 식사가 생각났다.

오랜만에 가족이 모여 저녁을 먹었다. 엄마는 전복을 넣어 삼계탕을 끓이고 겉절이를 무쳐 식탁에 올렸다. 얼추 밥을 다 먹어갈 즈음 아빠는 더 추워지기 전에 산책하러 나가겠다며 먼저 수저를 놓고 일어났다. 싱크대 앞에 선 채 물을 마시는 아빠에게 엄마가 말했다.

"나도 물."

아빠가 내민 물을 한 모금 마신 엄마는 말했다.

"에이. 찬물이잖아."

아빠는 엄마의 컵을 도로 가져가며 중얼거렸다.

"유난스럽다."

상온에 있는 페트병에서 물을 따라 새로 내미는 아빠에게 엄마는 말했다.

"내가 언제 찬물 마셨다고."

아빠는 듣는 둥 마는 둥 운동화를 챙겨 신고 밖으로 나갔다.

박창수가 내민 종이컵에는 미지근한 물이 담겨 있었다. 컵을 쥔 손부터 포근하게 덥혀주는 적당한 온도의 물. 아빠와는 다른 이런 면 때문에 엄마는 이 아저씨에게 빠져든 것일까. 생각을 털어내듯 물을 입안으로 흘려 넣는데 물이 날카로운 고드름으로 변해 마실 때마다 목에 상처를 내는 것 같았다. 아무리 힘을 주어도 물이 삼켜지지 않아서 이빨로 종이컵을 문 채 고개를 푹 숙였다.

그 와중에 내 앞에 말없이 서 있는 박창수가 신경 쓰여, 하는 수 없이 두 손으로 종이컵을 잡고 벌컥벌컥 마셔버렸다. 목 안이 갈가리 찢기는 느낌에 인상이 찌푸려졌다. 절로 한숨이 터져 나왔다. 고개를 푹 숙인 채 빈 종이컵을 박창수에게 내밀며 물었다.

"아저씨 성함이 박창수예요?"

그는 의아하다는 표정을 지었다.

"네, 그런데요. 학생이 내 이름을 어떻게 알지?"

그 말과 함께 고개를 들자 시선이 부딪쳤다. 필사적으로 눈을 부릅뜨니 그는 영문을 모르겠다는 표정으로 나를 내려다보고 있었다. 시선의 격차를 견딜 수 없어 자리에서 벌떡 일어나자 휘청하고 몸이 흔들렸다. 정신을 차리려고 굳게 쥔 주먹이 달달 떨렸다. 다시 고개를 푹 숙이고 중얼거렸다.

"저희 엄마가 최, 명 자, 화 자예요. 최명화. 아시죠?"

박창수는 이내 반갑다는 듯 대답했다.

"아, 최명화 자매님! 알지. 같은 레지오예요. 최명화 자매님 딸이에요?"

밝은 목소리를 내는 박창수가 지금 어떤 표정일지 보고 싶어서 힘겹게 고개를 드니, 아까와는 달리 어색한 미소를 짓고 있었다. 조금 당황한, 어쩐지 난감한, 그러면서도 이런 일쯤은 잘 대처할 수 있다는 듯한 어른의 얼굴. 나도 모르게 기세에 눌려 또다시 고개를 숙이고 말았다. 그러자 갑자기 눈앞이 뿌예지기 시작했다. 어, 왜 이러지? 이후의 행동은 나조차 예상하지 못했다.

나는 풀썩 주저앉아 무릎을 꿇고, 땅바닥에 머리를 떨궜다. 떨리는 두 손을 기도하듯 마주 잡았다. 울음을 참으려 앙다문 입에서는 생각해본 적도 없는 말이 멋대로 흘러나왔다.

"아저씨. 우리 엄마랑 만나는 거 맞죠? 그죠? 저는 상관없지만요. 제 동생은 아직 고등학생이에요. 저희 아빠 암환자예요. 그러니까 저희 엄마랑 제발 그러지 마세요!"

거기까지 말하자 입에서 울음이 터져 나왔다. 허어어어 흑. 흐어어어억. 씨, 나 왜 이러냐. 술에 취했나. 아님 미쳐버 렸나. 하릴없이 바닥에 고개를 파묻고 꺼이꺼이 울었다. 속수무책으로 젖어가는 얼굴을 땅바닥에 파묻고 있는데, 어느 순간 내 울음 외에 아무 소리도 들리지 않았다. 고개를 들어 보니 가게 안에는 나밖에 없었다. 주변을 두리번거려도 박창수의 모습은 온데간데없었다.

어영부영 몸을 일으켜 소매로 눈물을 닦고 가게를 빠져나왔다. 미로 같은 길을 통과하는 동안 머릿속엔 한 가지 생각뿐이었다. 최대한 빨리 튀자. 막다른 골목에서 박창수가 나타날까 봐 조마조마했다. 싸우러 가놓고 빌고 온 내 모습이 어이없었지만, 큰 소동이 벌어지지 않아 천만다행이었다.

며칠 뒤 엄마의 외출이 뚝 끊겼다. 성당에도 나가지 않는 눈치였다. 어른들 사정이야 아는 바 없었지만, 적어도 우리 가족에게 표면적인 변화는 없었다. 엄마는 아무렇지 않게 나를 대했다. 여느 때처럼 아침에 일찍 일어나 밥 짓고 청소하고 빨래하고 장을 보거나 아빠랑 가끔 부부 동반 모임에 참석하러 나갔다.

두어 달 후 옆 동네 성당으로 옮긴 엄마는 성당에서 주최

하는 봉사활동이나 행사에 참여하며 다시 바쁘게 지내기 시작했다. 마치 그게 자신의 죄를 씻어주기라도 할 것처럼 헌신적이었다. 그런 엄마를 보고 정운은 "거기서도 바람나는 거 아냐?" 하며 빈정댔지만, 그런 농담에도 나는 가슴이 쿵 내려앉았다. 죄를 지은 건 엄마지만, 나 역시 죄인이 된 것 같았다. 적어도 엄마와 박창수에게 나는 죄인이 아닌가.

모든 게 제자리를 찾은 것 같았지만, 내 정신은 돌아오지 않았다. 이미 대학 생활은 엉망이 된 지 오래였다. 의례적으로라도 출석하는 과목이 거의 없었고, 술을 마시더라도 학교 앞에서 마시던 전과 달리 학교 가는 길에 발걸음을 돌려 집에서 좀 떨어진 동네에서 대낮부터 퍼마셨다. 전에는 막차가 끊기기 전까진 집에 들어왔는데, 언젠가부터 새벽이 되어서야 귀가하거나 연락도 없이 친구들 집에서 외박했다. 등교조차 하지 않는 날과 시험을 치르지 않는 과목이 늘었다. 이렇게 된 건 다 엄마 때문이라고 말하면서도 알았다. 나는 원래 이런 인간이라는 것을. 어렸을 때는 어떻게든 인정받고 싶어 사고 치지 않고 살아왔지만, 모범적인 삶 따위는 애초부터 관심 없었다. 부모를 애먹이는 일이야말로 나의 열정과 에너지로는 가당치 않은 일이라 그저 쥐 죽은 듯 지냈을 뿐이었다.

학교에 거의 나가지 않게 되면서 3학년 2학기에는 아무도 모르게 자퇴서를 냈다. 매일 학교에 가는 척 집을 빠져나와 당시 아르바이트를 하던 학교 앞 호프집으로 출근했다. 아이러니하게도 술집에서 일하는 동안 술을 가장 덜 마셨다. 취한 채 일할 수는 없었기 때문이다. 호프집 사장은 너처럼 야무진 알바생은 처음이라며 손님이 많았던 날에는 택시비를 찔러주곤 했다.

아빠는 이후로도 건강을 잘 지켜나갔다. 하지만 수술하고 7년 후 매해 받던 추적검사에서 대장에 새로운 종양이 생겼다는 말을 들었다. 모양이 좀 의심스럽다는 말과 함께. 결과는 대장암 2기였다. 이번에는 항암 치료를 미룰 수 없어 아빠는 근무시간을 줄이고 통원 치료를 받았지만 상태는 호전되지 않았다. 그럼에도 아빠한테는 의기양양한 구석이 있었는데, 남들에게는 일어나지 않는 기적이 본인에게는 일어날 거라 믿었던 것 같다. 예전 교양수업 때 들었던 심리학개론에서 이런 걸 '확증편향'이라고 했던가. 이제까지의 인생에 별다른 굴곡이 없었던 아빠였기에 가능한 발상이었을 거다.

하지만 아빠가 예상했던 기적은 일어나지 않았고, 날이 갈수록 병세는 악화되어 정년을 얼마 남겨두지 않은 시점에 퇴직해야 했다. 그리고 병원과 집, 응급실과 입퇴원을 반복하며 투병 생활을 시작했다. 퇴직 전까지 지점장을 맡았기에 퇴직금이 넉넉한 편이었다는 것이 유일한 위안이었다. 20여 년을 전업주부로만 살아온 엄마는 아빠 대신 생활비라도 벌겠다며 동네 복지센터에서 진행하는 요양보호사 자격증 취득 교실에 등록했다.

"사회 경험 없는 주부들도 할 만하대."

자격증 취득은 그렇다 쳐도 내내 살림만 하던 엄마가 그 고되다는 일을 할 수 있을까 싶었다. 그러나 그 생각을 입 밖으로 꺼내지는 않았다.

몰래 학교를 때려치운 후 내 안에는 일종의 냉담함 같은 게 생겼다. 무늬만 자의였던 자퇴. 2학년 때부터 학자금 대출로 대학교를 다녔기에, 집안 사정상 그 돈은 다 내 빚이 될 터였다. 대학 입학과 동시에 용돈도 끊겨서 학기중에도 아르바이트를 했고, 방학에는 아르바이트를 두 탕씩 뛰며 다음 학기 생활비를 마련했는데, 거기다 빚까지 생긴 것이었다. 집안 사정이 딱히 어렵지 않았는데도 아빠는 대학생이야 말로 쪼들리는 생활을 이어가는 게 당연하다 여겼다. 스스로 돈을 벌지 못하는 엄마로서는 아빠의 의견에 반기를 들지 못했다.

　현실로부터 도망치기 위해 자퇴하고 나자 비로소 현실을 마주 보게 됐다. 대학 생활 내내 술 마시느라 토익과 토플 점수는 물론 자격증도 갖춰놓지 않아서 이력서에는 공란만 가득했다. 취업 준비를 하겠다며 이력서를 쓸 때마다 의지는 사그라들었다. 내가 사장이라도 날 안 뽑겠지. 문과 출신에, 심지어 어문 계열, 그마저도 중퇴. 내세울 특기도 없는 데다 의욕도 없어 보이는 신입을 누가 원할까. 도망치는 심정으로 편의점, 노래방, 카페 아르바이트를 카드 돌려막기 하듯 이어가다 보니 이렇게 살다 죽는 것도 나쁘지 않을 것 같았다. 마침 일본에서는 일정한 직업 없이 아르바이트만으로 먹고 사는 젊은이들이 많다고 했다. 그들을 프리터족이라고 부른다고. 나도 프리터족으로 살 수 있을 것 같았다.

　하지만 평생을 회사원으로 산 아빠와 회사원인 남편을 뒷바라지하는 데 수십 년을 보낸 엄마는 나 역시 당연히 회사원이 될 거라고 믿었다. 왜? 대체 어떻게? 하긴, 따지고 보면 부모님에게 나는 서울에 있는 4년제 대학을 졸업한 취준생이 아닌가.

　무사히 학업을 마쳤다면 졸업식에 참석했겠지만 자퇴

생에게는 해당되지 않았기에, 1년 뒤 졸업식에 참석하겠다는 엄마와 아빠를 말리느라 애를 먹었다. 그래도 자식의 첫 대학 졸업식인데 어떻게 안 가느냐는 엄마의 말에 내가 먼저 가지 않겠다고 버텼다. 나만 취직 못 해서 쪽팔린다고, 다른 애들은 다 번듯한 회사에 들어가 자랑스러운 졸업식일지 몰라도 나한테는 아니라고, 심각한 얼굴로 발 연기를 했더니 웬일인지 수긍하는 눈치였다. 예상 외로 손쉽게 자퇴 사실을 들키지 않을 수 있었다. 부모에게 평생 거짓말을 해야 한다는 부담감이 가끔 나를 짓눌렀지만 금세 변명이 튀어나왔다. 엄마도 나 모르게 바람피웠잖아, 아빠는 애초부터 나한테 관심도 없었잖아. 그 변명을 안주 삼아 또 술을 마셨다.

그래도 얹혀사는 처지에 부모의 기대를 마냥 무시할 순 없어서 형식상 자소서를 꾸미고 면접을 보러 다녔다. 그러나 떨어졌다는 연락을 받으면 오히려 마음이 놓였다. 그냥 아르바이트나 하고 살지 뭐. 어떻게든 술 마실 돈만 마련하면 될 것 같았다.

학교도 때려치우고, 취업 준비를 한다면서 별다른 소식이 없는 나를 보다 못한 슬기가 하루는 연락을 해왔다. 학교 다니는 동안 놀 거 다 놀면서도 부지런히 교직 이수를 한 슬기는 졸업 후 임용고시를 준비하고 있었다. 공부 잘돼가냐는 질문을 닥치라며 묵살하던 슬기는 용건이 따로 있다는 듯 말을 꺼냈다.

"너 학회에서 일할 때 허준석이랑 좀 친하지 않았냐? 걔, 영상번역 일 한다고 한 거 같은데. 연락하면 일자리 좀 안 주려나."

아, 허준석. 은테 안경을 낀, 동안에 왜소한 체구로 복학생인데도 고등학생 느낌을 풍기던, 쓸데없이 목소리가 감미로워서 여자 동기들 사이에서 '보급형 성시경'이라고 불리던 선배. 나랑 딱히 친하다고는 할 수 없었지만 1학년 때 장학금을 타려고 학회 일을 하며 몇 번 교류한 적이 있었다. 이후 독실한 크리스천이라는 이야기를 듣고 '보급형 교회 오빠'로 별칭이 변경된, 뭘 해도 보급형 인간이었던 허준석.

슬기에게 연락처를 받고 망설인 끝에 문자를 보냈다. 준석은 기다렸다는 듯이 반갑게 받아주었다. 이후 일주일에 한 번씩 카페에서 만나 스터디를 하게 되었다. 준석은 가끔 주말까지 반납해가며 화면전환에 맞춰 자막 배치하는 법, 등장인물의 입 모양과 같은 길이의 자막 뽑는 법, 긴 대사를 효율적으로 나눠 입력하는 법, 캐릭터 고유의 말투를 살려 번역

하는 법 등을 지나치게 성심성의껏 알려주었다. 여름휴가 중에도 군이 시간을 빼 카페로 나온 준석을 보며 그동안 궁금했던 걸 물었다.

"오빠, 나 언제까지 도와줄 거예요?"

"응?"

"벌써 두 달째 일부러 시간 내서 나 도와주고 있잖아요. 그래도 괜찮아요?"

"뭐가."

"아니, 일자리 알아봐준다는 것만으로도 고마운데, 이렇게 재능 기부까지 받아도 되나 싶어서요."

준석은 노트북에 시선을 고정한 채 말했다.

"재능 기부 아니야."

"네?"

"내가 언제 재능 기부라고 했는데."

그 이후 우리는 감미로운 사이가 되었다, 는 로코물을 너무 많이 본 사람의 발상이고, 이전에는 카페에서 스터디를 한 후 헤어졌다면 그날부터는 스터디와 헤어짐 사이에 모텔이 끼어들었다. 하지만 보급형과의 섹스는 시종일관 불협화음이었다. 어떤 자세를 취해봐도 이게 맞나 싶었다. 그건 보급형의 기술적인 문제일 수도 있지만, 나의 문제일 수도 있었다.

대학교 시절과 중퇴 후 분위기에 휩쓸려 몇 번 섹스를 해보았지만 할 때마다 드는 느낌은 같았다. 대체 이거 왜 하는 거야? 그저 아프고 불편하고 지루했다. 내 몸 어디에 뚫려 있는지도 정확히 몰랐던 좁은 구멍에 남성의 존재감 없는 성기가 들어와 비슷한 움직임을 반복하는 행위가 왜 좋은 건지 납득이 되지 않았다. 이 과정을 거쳐 인류가 만들어지고 이 시간에도 수많은 생명이 잉태되고 있다고 생각하면 소름이 끼쳤다. 생식 과정이란 추잡한 거구나. 역시 인간은 짐승이구나. 특히 부모의 섹스를 목격한 때부터, 이후 보게 된 영화 속 섹스 신이 허위과장광고라는 허망함까지 더해져 연애건 섹스건 내 인생에는 없는 게 낫겠다고 여기며 살았다. 오히려 그게 편했다. 청렴한 정신은 현생에 집중하게 만들어주었다.

하지만 나는 보급형과 모종의 거래를 하고 있었다. 보급형은 기술을 알려주는 걸로 모자라 일자리를 물어다 줄지도 모른다. 그렇다면 나 역시 최소한의 협조를 해야 하는 것이다. 그때부터 카페와 모텔 사이에 술집을 끼워 넣었다. 맨정신으로는 보급형과 잘 수 없었지만 취하면 또 모르는 일이었다. 하긴, 이제껏 해왔던 섹스도 전부 취한 채 치렀다. 맨정신에 누군가와 몸을 부대낀 적은 없었다.

종로 뒷골목, 자주 가던 건물 2층 모텔로 향하는 길에 등을 돌려 말했다.

"맥주 한잔하고 갈래요?"

난데없는 내 말에 보급형은 조금 흥분한 것처럼 보였다. 교회 오빠인 그는 음주를 즐기지 않았음에도 나와 똑같이 500시시 생맥주를 주문하고는, 입술 끝으로만 깨작거리며 내가 술 마시는 모습을 가만히 지켜보았다. 그 과정 자체가 그에게는 전희로 보였다.

그 시간을 몇 번 거듭하다 보니 생맥주를 석 잔 정도 마시면 보급형과의 섹스를 견딜 수 있다는 걸 깨달았다. 보급형의 기술은 조금도 나아지지 않았고 나 역시 뭐가 좋은지 알 수 없었지만, 아무쪼록 몽롱한 정신으로 모든 과정을 치렀다. 우리는 넉 달 동안 일주일에 한 번씩 만나 스터디를 하고 술을 마시고 섹스를 했다. 모텔비는 보급형이 냈다. 일요일마다 교회에 헌금하듯 꼬박꼬박 현금으로 계산했다. 그런 면에서 보급형은 성실했다. 그렇다면 나쁘지 않은 남자라는 건가? 이런 식으로 가다가 보급형과 스테디한 관계가 되는 건가? 그럼 나도 교회를 다녀야 하나? 나는 내심 천주교를 믿고 있는데?

몇 주 뒤 보급형은 연락도 없이 카페에 나타나지 않았다. 문자에도 답이 없었다. 이렇게 갑자기 사라지다니. 매사에 성실한 보급형으로서는 있을 수 없는 일이었다. 바로 다음 날 슬기에게서 연락이 왔다.

"야, 너 어제 왜 안 왔냐? 아님 왔다 간 거야?"

"어딜?"

"허준석 결혼식! 난 당연히 너 올 줄 알고 오랜만에 목 좀 축일까 했는데, 씨."

이런 개새끼가? 결혼 전에 재능 기부도 하고 딴짓도 하고 아주 그냥 제법이네? 알고 보니 보급형한테는 사회인이 됐을 때부터 만나온 여자 친구가 있었고, 무려 혼전 임신으로 서둘러 식을 올리게 되었다고 슬기는 기가 차다는 듯 전했다.

"여자 친구가 임신 6개월이라는데, 드레스 입으니까 존나 감쪽 같더라. 허준석 같은 사람이 여자 임신시킬 줄도 알고. 하여튼 교회 오빠 조심해라."

그동안 아무 사이도 아니라고 여겨왔지만, 보급형의 배신은 생각보다 타격이 컸다. 그에게 보내려다 지운 문자가 수십 통은 됐다. 아무렇지도 않은 척 안부를 묻는 걸로 시작된 문자는 야 이 씨발놈아로 끝났다. 이후 며칠을 술독에 빠져 살다가 발을 들일 뻔한 영상번역 일은 깨끗이 포기하기로 했다. 매일 나가던 아르바이트도 지겨워져 근무 태만을 일삼았더니 사장들이 처음에는 무슨 일이 있는 거냐며 어르고 달래다가 며칠 지나자 나오지 말라고 통보했다. 남은 시급은 받지 못했다.

보급형과의 음주 섹스가 습관이 된 이후, 술자리에서 더 적극적으로 남자들과 어울리게 됐다. 같이 술을 마시며 자연스럽게 농담하고 스킨십하다 의도치 않게 잠자리를 가졌다. 남자의 몸에는 관심이 없고 섹스의 즐거움조차 몰랐음에도 취하면 그게 뭐 별거냐? 하게 되었다. 그래서 에라 모르겠다 하는 심정으로 술을 들이부었다. 술에 취하면 나는 인격을 가진 한 사람이 아닌, 하나의 성적인 물건이 됐다. 오히려 그게 편했다. 아, 됐다. 어차피 내일 일어나면 생각도 안 날 텐데 그냥 해버리자. 가볍게 생각하고 넘기면 책임질 일도 없잖아? 이 생각으로 남자들을 대하다 보니 묘하게 긴장감이 풀렸다.

그때부터 나와 술이 닮았다는 것을 깨달았다. 교묘하고, 교활하고, 비겁한. 필사적으로 사람을 끌어당기고는 다음 날 나 몰라라 하는. 술에 취해 모르는 남자랑 자고, 정신 차려 보면 낯선 모텔방에 누워 있었다. 하룻밤 상대에게 돈을 털린 적도 있고 다음 날 아침이면 온몸이 두드려 맞은 듯 욱신거리거나 전혀 기억나지 않는 멍 자국이나 상처가 남아 있기도 했다. 하지만 그걸 확인할 때마다 이상하게 안심이 됐다. 적어도 내가 가해자가 아닌 피해자라는 안도감. 이걸 빌미로 또 술을 마실 수 있다는 기대감.

하룻밤을 보낸 상대 중에 진지하게 다가오는 남자가 가장 골치 아팠다. 한번 했다는 이유만으로 애인 행세 하려는 남자를 볼 때면 최대한 줄행랑을 쳤다. 그래서 어차피 안 될 사람하고만 만났다. 이혼남이건 유부남이건, 나보다 열 살이 많든 적든 상관없었다. 해로운 상대일수록 나에게 이로웠다. 직업도 알 바 아니었고 성격도 개의치 않았다. 남자들이 유난히 집착하는 생식기의 크기도 관계없었다. 어차피 크기를 거론하는 것이 무슨 의미가 있나 싶게 죄다 약소했으며 기능도 하찮았다.

모르는 남자들과의 섹스를 거듭하면서 남자를 더 믿지 못하게 됐다. 나에게 남자는 두렵고 불안하고 속을 알 수 없는, 알면 알수록 인생 꼬일 것 같은 존재였다. 그건 반대로 내가 좋은 남자를 간절히 원한다는 뜻이었다. 하지만 내가 그나마 알고 있는 남자는 기혼 독신남인 아빠, 기혼 불륜남인 박창수밖에 없었다. 애초에 좋은 남자란 없는 것 같으니 기대와 희망을 버리자는 의미로 허튼 관계만 반복했다. 하지만 나에게 그건 결코 허튼짓이 아니었다.

술을 마시면 누군가가 나를 원한다. 술이 있으면 혼자가 아닐 수 있다. 매번 공허한 섹스를 하면서도 마음속으로는 이런 나를 진심으로 받아주고 감싸주는 사람이 나타나기를 기대했다. 그래서 더 취해버렸다. 맨정신으로는 아무것도 못할 나를 아니까.

아르바이트에서 잘리고 나서도 일상을 유지하려면, 아니, 술을 마시려면 돈이 필요했기에 아무 데나 마구잡이로 이력서를 냈다. 그리고 며칠 후 전화 한 통을 받았다.

"김재운 씨 되시나요?"

"네, 그런데요."

"잡대한민국에 이력서 올리셨죠? 저는 헤드헌팅 및 아웃소싱 전문기업 〈비전워커〉의 이태훈 팀장이라고 합니다. 저희는 파견 업무를 주로 하는 회사인데요. 김재운 씨에게 꼭 맞는 일자리가 있어서 연락드렸습니다."

언제 올렸는지 기억도 나지 않는 이력서를 보고 연락한 것 같은 그는, 한 대기업의 하청으로 반도체 생산과 해외 영업을 하는 '비록 규모는 작지만 내실 있는' 기업에서 사무직 여직원을 뽑고 있다고 했다. 간단한 일본어 번역과 작문, 일본어로 통화가 가능한 계약직 사원을 구하고 있으며, 1년에 한 번씩 매출 신고를 위한 회계 업무도 맡는 자리라고 소개했다. 관심 있으면 면접을 보는 게 어떻겠냐고 권하는 그에게 시큰둥하게 대답했다.

"저 일본어 전공이긴 하지만 일본어 잘 못하는데요. 그리고 회계는 한 번도 안 해봤어요."

하지만 그는 높은 레벨의 일본어를 구사하지 않아도 가능한 일이며, 공문 양식이나 통화 내용 등의 매뉴얼이 정해져 있어 한 달만 지내면 익힐 수 있을 거라고 나를 안심시켰다. 회계 일 역시 회계사가 따로 있어서 1년에 한 번 그쪽 사무실에 가서 장부를 전달하고 내용 확인만 하면 된다고 했다. 뒤이어 연봉을 넌지시 알려주었는데 얼추 계산해도 아르바이트를 두 탕 뛰며 버는 돈보다 많았다. 그는 덧붙였다.

"이 회사의 특장점은 무조건 나인 투 식스라는 겁니다. 야근이 없다는 소리예요. 오히려 일이 없어서 심심할지도 몰라요."

나쁘지 않은 조건이었지만 이 이야기를 왜 대학 졸업장도 없는 나한테 하는 건지 알 수 없었다. 너그러운 제안을 덥석 물지 않는 태도가 갑갑했는지 그가 치고 나왔다.

"일단 면접이라도 보시죠. 지금 여기가 좀 급하거든요. 기존 여직원의 출산이 앞당겨져서 한 달 전에 휴직계를 썼어요. 그 직원은 출산 후 복귀하고 싶어 하는데, 회사는 이참에 자르고 싶어 해요."

뭔가 일이 급박하게 돌아가는 느낌이어서 얼떨결에 알겠다고 대답했다. 그러자 그는 면접 시간과 장소를 알려주며, 그날 자신도 동석할 예정이라고 했다.

면접은 이틀 뒤 광화문에 있는 본사에서 본다고 했다. 만약 채용되면 본사가 아닌 지사에서 근무하게 될 거라고 했다. 지사는 지하철이 다니는 경기도 초입에 있었는데, 오히려 그편이 집과 더 가까워 호조건이었다.

면접 당일, 눈 뜨자마자 스멀스멀 긴장감이 올라왔다. 일찌감치 광화문에 도착해 편의점에 들러 박카스랑 팩 소주를 하나씩 샀다. 서둘러 박카스를 들이켠 다음 그 안을 소주로 채웠다. 그리고 길을 걸으며 박카스병에 든 소주를 홀짝였다. 이태훈 팀장과 만나기로 한 카페에 가까워졌을 때 주머니에 든 초콜릿을 연달아 까서 털어 넣으며 입안의 술 냄새를 얼버무렸다. 그래도 면접관에게 좋은 인상을 남겨야 할텐데. 술 냄새가 어디까지 퍼질지 몰라 조마조마한 마음으로 이 팀장을 기다렸다.

면접 시간보다 30분 일찍 만난 이 팀장은 30대 중반쯤 돼 보이는 나이에 얼굴에 살이라곤 없고, 몸은 종잇장처럼 얇은 남자였다. 대체 무슨 생각으로 샀는지 번쩍번쩍 광택이 나는 회색 양복을 입고 있어서 전반적으로 은갈치 같았다. 만나자마자 그가 대뜸 말했다.

"대학을 안 마치셨더라고요."

"네."

그러고는 지금부터 흥미로운 제안을 하겠다는 듯 목소리를 깔고 중얼거렸다.

"그럼 이렇게 하죠. 제가 얘기 잘해놓을 테니까 대학은 졸업한 걸로 합시다."

"……네?"

"회사 사장님이 트인 분이세요. 지금 본사에서 일하는 사무직 사원들, 대부분 저희 쪽에서 보낸 분들이고요. 계약직 1년 채우고 정직원 된 사례도 꽤 되고요. 그만큼 저희 회사에서 왔다고 하면 신뢰한다고 보시면 돼요. 나머진 제가 알아서 할 테니까, 김재운 씨는 그냥 대학 졸업한 걸로."

그 말을 하며 은갈치는 내 이력서를 내밀었는데 거기엔 이미 학사 취득이라고 쓰여 있었다. 당장 30분 뒤에 면접이고, 대체 뭐라고 반응하면 좋을지 알 수 없어 얼떨떨하다가 물었다.

"근데, 이래도 돼요?"

은갈치는 뭐 그런 걸 묻느냐는 식으로 대답했다.

"네, 돼요."

잠시 후 은갈치와 함께 면접장에 들어갔다. 사장실에서 이루어진 면접에는 사장과 오래된 임원으로 보이는 최 부장이라는 사람이 참여했다. 40대 후반으로 보이는 사장은 아버지 사업을 물려받아 5년 전부터 이 회사의 대표가 되었다고 했다. 내가 일하게 될 지사의 장은 자기 사촌 동생이라고 덧붙였다. 최 부장은 내 이력서를 보더니 말했다.

"어머, 나랑 전공이 같네. 몇 학번이에요?"

학번을 밝히자 그는 그 시대에도 사람이 대학에 다니느냐며 신기하다는 듯 웃었다.

면접에서 특별할 거라곤 없었다. 시종일관 묘하게 가족적인 분위기에서 진행되었고 사장도 내 얼굴을 몇 번 보더니 말했다.

"일 잘하게 생겼어요. 중간에 안 그만두고 잘할 수 있죠?"

나는 은갈치를 슬쩍 보고는 대답했다.

"네, 뽑아주신다면 열심히 하겠습니다."

학사 취득으로 조작된 나의 이력서를 물고 늘어지는 사람은 없었다. 20분 남짓 진행된 사담 같은 면접을 마치고 회사를 빠져나오니 출입문 앞에서 은갈치가 말했다.

"됐네요. 오늘이 수요일이니까 주말까지 개인 업무 다 보시고 다음 주 월요일부터 출근하세요. 전임자는 공석이라 거기 있는 다른 직원분한테 인수인계를 받게 될 거예요. 참, 인수인계 기간에는 무급입니다. 식대만 제공돼요."

은갈치는 영혼 없는 눈동자로 말을 이어갔다. 앞으로 1년 계약직으로 일하게 될 거고, 계약은 '나 하기에 따라' 1년씩 갱신될 거라고 했다. 단, 자기 회사에서 파견된 직원인 만큼 계약은 이 회사가 아닌 자기 회사랑 하게 될 거라고. 그리고 첫 달부터 셋째 달까지는 월급의 30퍼센트를 수수료로 떼고, 그다음 달부터는 9개월간 10퍼센트씩을 뗀다고 했다. 이 회사가 나에게 지급하는 월급은 자기 회사로 입금되며 이틀 뒤 수수료를 제한 금액이 나에게 다시 입금된다는 것도 알려주었다. 가장 중요한 이야기를 일이 다 진행되고 나서 속사포처럼 읊어대는 태도에 황당했지만, 머릿속으로 계산기를 두드리며 마음을 다잡았다. 아르바이트 두 탕 뛰는 것보다 낫다. 잠깐, 수수료를 떼고도 그러려나? 집에 가서 계산해봐야지.

말없이 고개를 끄덕이고 있으니 은갈치는 계약서를 내밀었다.

"내가 얘기한 내용이 들어 있어요. 한번 훑어보고 도장 찍으세요."

여기서요? 하지만 시간을 길게 끌고 싶지 않아 선 채로 종이를 살폈다. 태어나서 처음으로 받아보는 계약서라 어디서부터 어떻게 이해해야 할지 알 수 없었지만 천천히 읽어

내려갔다. 기다리기 답답했는지 은갈치가 끼어들었다.

"거기 연봉하고, 수수료, 월급 입금일, 그리고 계약기간. 그것만 확인하면 돼요."

나는 시선을 빠르게 움직여 숫자가 쓰인 부분을 여러 번 읽었다. 그리고 가방을 뒤져 도장을 꺼내고 은갈치가 자기 서류 가방으로 받쳐준 계약서 두 장에 각각 도장을 찍었다. 은갈치는 계약서 한 장을 파일에 고이 넣더니 남은 한 장을 나에게 건네면서 말했다.

"자, 그럼 파이팅입니다. 아, 만약에 일 관둘 땐 나한테 먼저 연락해요. 괜찮은 자리라 금세 그만둘 일은 없겠지만."

그리고 손을 흔들며 잽싸게 자리를 떴다. 나는 갑자기 막막한 기분이 되어 멀어지는 은갈치의 뒷모습을 바라보았다.

집에 돌아와 취업이 결정되었다고 하니, 아빠는 회사 이름부터 물었다. 그리고는 처음 들어보는 회사라며 추후 정보 조사라도 할 요량인지 눈동자를 굴렸다. 반면에 엄마는 아빠에게 눈치를 주며 너무 잘됐다고 손뼉을 쳤다.

"김재운, 이제 어엿한 회사원이네!"

애써 감개무량해하는 엄마의 모습에 상황이 어찌 되든

1년만 버텨보자고 다짐했다.

"첫 월급 타면 맛있는 거 사줄게."

무뚝뚝하게 내뱉은 말에 엄마는 벌써 맛있는 것 앞에 앉아 있는 듯 뿌듯한 표정이었다. 아빠는 드러누워 코웃음을 치는 것 같았지만 표정은 분명 웃고 있었다.

회사 일은 나쁘지 않았다. 내가 구사하는 중급 언저리의 일본어로도 충분히 커버되는 업무였다. 아무도 나에게 대학 졸업 여부를 묻지 않았다. 반도체를 생산하고 영업하는 업무를 주로 하는 회사라 대부분의 직원이 출장이 잦은 남성 엔지니어들이었고, 영업 사원들도 남자뿐이라 여직원은 나 하나였다. 그들은 새로 들어온 직원, 거기다 자신들보다 나이 어린 여성의 등장을 반겼다. 내 옆자리에 앉아 하나부터 열까지 모든 걸 알려주던 장 주임은 특히 더 들떠 있었다. 알고 보니 내가 맡게 될 업무 대부분이 한 달 전부터 장 주임 몫이었다고 한다. 그는 일을 가르쳐주면서 입버릇처럼 "재운 씨, 절대 그만두면 안 돼" 했다.

출근한 지 일주일쯤 지나 환영식이 열렸다. 일본 출장에서 돌아온 엔지니어들을 포함해 지사장, 이사, 부장, 과장, 주임 등 다 합쳐 열 명 남짓 되는 남자들 사이에 여자는 나 혼자였다. 사무실에서 일할 때는 신경 쓰이지 않았던 절대 성비가 회식 자리에서는 부쩍 부담스러웠다. 남자들 술상에 '여자'로 불려온 느낌이었다. 긴장이 돼 나도 모르게 자꾸 술잔에 손이 갔다. 그도 그럴 것이 새 직원이 들어왔다고 자기들끼리 더 흥분한 엔지니어들은 아슬아슬한 농담을 던지며 내 술잔이 비기가 무섭게 술을 따라주었다. 좆밥 새끼들이라고 생각하며 부글부글 이는 분노를 알코올로 눌렀다. 상사들과 선배들은 가뜩이나 반가운 여직원이 술도 잘 마신다며 신이 났고, 나는 그 꼴이 보기 싫어 줄곧 술병과 술잔만 응시하다 뚝— 필름이 끊겨버렸다.

몇 시간 뒤 눈을 떠보니 병원 침대에 누워 있었다. 팔뚝엔 수액주사가 꽂혀 있었다. 가까스로 눈을 떠 주위를 둘러보니 응급실인 것 같았다. 침대 옆에는 나에게 유난히 술을 많이 따라주던 엔지니어가 의자에 앉아 상모를 돌리며 졸고 있었다. 눈가에 엉겨 붙은 마스카라를 떼어내려 눈을 크게 깜빡이고 벽시계를 쳐다보니 2시 20분쯤. 새벽이란 얘기겠지? 손을 내밀어 바닥에 흘러내릴 듯 졸고 있는 남자의 어깨를 툭 쳤다. 그는 깜짝 놀라며 소매로 침을 닦는 시늉을 했다.

"어, 일어났어요? 좀 괜찮아요?"

'어떻게 된 거예요?'라고 물으려다가 말았다. 어떻게 되긴 어떻게 됐겠냐. 분명 주는 대로 술잔을 비우는 걸로도 모자라 스스로 술을 퍼마시다 맛이 갔겠지. 그러다 갑자기 꼬꾸라졌을 거고 몸을 가누지 못한 채 아무 데나 구토를 해댔겠지. 윗사람들한테 욕이나 발길질을 했던가 안 했던가. 안 했다면 좋겠는데.

내가 어디 사는지 모르는 이 남자는 택시를 태울 생각도 못 하고 일단 병원으로 데리고 온 모양이었다. 나에게 술을 가장 무자비하게 먹였다는 죄명으로 다른 사람들을 대신해 집에도 못 가고 이 자리를 지키게 됐을 것이고. 쪽팔린다는 생각보다 속쓰림과 두통이 더 무겁게 나를 짓눌렀다. 남자는 죄지은 사람처럼 중얼거렸다.

"미안해요. 술을 너무 많이 먹여서."

'아니에요'라고 말하면 애매한 K드라마가 연출될 것 같아서 입을 다물었다. 잠시 반대쪽으로 고개를 돌려 누워 있다가 말했다.

"집에 갈래요."

남자는 헐레벌떡 일어나 간호사를 불렀다. 간호사는 심드렁하게 다가와 수액을 체크하고는 말했다.

"거의 다 들어갔네요. 성함이 어떻게 되세요?"

"김재운이요."

"좀 괜찮으세요? 천천히 일어나보세요."

냉큼 일어나 부축하려는 남자의 팔을 무시하고, 침대 난간을 잡고 상체를 일으켰다. 순간 머리에 피가 도는지 눈앞이 하얘졌다. 잠시 눈을 감고 있으니 간호사가 말했다.

"집에 가실 수 있겠어요? 걸을 수 있겠어요?"

그 말에 남자는 내 팔을 잡더니 일어나보라며 잡아끌었다. 어쩔 수 없이 그 팔을 잡고 천천히 침대 아래로 내려왔다. 땅에 발을 대고도 속이 쓰려 상체를 온전히 펴지 못하고 고개를 떨궜다. 그러자 남자는 반대쪽 손으로 부축하듯 내 어깨를 감쌌다. 어깨는 왜 감싸는 건데, 이 자식아. 새벽까지 내 곁을 지킨 그의 검은 속내가 빤히 들여다보였다.

어쩔 수 없이 그가 인도하는 대로 걸어가 접수대 맞은편 의자에 털썩 주저앉았다. 남자는 허둥지둥 진료비를 수납하고 정수기에 비치된 종이컵에 물을 따라 건넸다. 종이컵을 입 안으로 기울이니 차가운 물이 식도를 타고 주르륵 내려갔다.

응급실을 빠져나올 즈음, 어깨에 올라가 있던 남자의 손은 어느새 내 손을 잡고 있었다. 내칠 힘도 없어 잠자코 있었더니 남자는 택시를 잡는 동안에도 내 손을 놓지 않았다.

이윽고 도착한 택시 뒷자리에 나를 먼저 태우고, 남자는 조수석에 타려는 듯 앞으로 갔다. 그 틈을 타 잽싸게 기사에게 말했다.

"출발해주세요!"

기사는 조수석 문 앞에 선 남자를 흘끔거리다 백미러로 내 얼굴을 쳐다보았다.

"가세요, 그냥!"

기사는 별일 다 보겠다는 표정으로 차를 움직였다. 반쯤 열린 조수석 문 사이로 남자의 황당해하는 얼굴이 보였다. 나는 상체를 앞으로 기울여 운전석과 조수석 사이로 오른팔을 뻗어 서둘러 문을 닫았다. 차문 너머 우두커니 선 남자는 아연한 표정이었다.

"됐어요. 이제."

기사가 혀를 차더니 병원 밖으로 택시를 몰았다. 택시가 대로로 빠져나갈 때 남자에게서 전화가 왔다. 말없이 전화를 받으니 퉁명스러운 목소리가 날아들었다.

"뭐예요, 지금?"

"뭐가요."

"하."

남자는 시간을 벌며 할 말을 찾는 눈치였다. 잠시 후 비아냥거리는 목소리로 한마디 던졌다.

"아, 이러면 곤란하지."

이야기나 들어보자 싶어 대꾸했다.

"뭐가."

예상치 못한 반응이었는지 남자는 뚱땅거렸다. 그는 이윽고 어울리지도 않게 코웃음을 쳤다.

"이제 반말? 하. 됐고. 내가 이 시간까지 김재운 씨를 왜 기다린 것 같아?"

"맞춰야 돼? 퀴즈야?"

내 말에 남자는 분노를 애써 죽이며 중얼거렸다.

"아, 씨. 장난하냐고 진짜."

더 이상 대꾸하지 않자 남자는 콧김을 뿜으며 협박하듯 말했다.

"야. 돈 들이고 시간 들였으면 오는 게 있어야 될 거 아냐? 아마추어야?"

역시 예상대로구나. 남자들은 유난히 더치페이를 선호한다. 하나를 주면 하나를 받아야 한다고 생각한다. 자신이 베

113

푼 것에 대해서는 어떻게든 대가가 있을 거라 기대한다. 세상은 그렇게 유연하게 돌아가지 않는데 말이다. 게다가 난 네가 해준 걸 원한 적이 없어. 그러니 나도 네가 원하지 않는 걸 줄게.

"지금 통화 다 녹음하고 있으니까 적당히 떠드세요. 본사에 징계위원회 있는 거 알죠?"

그 말에 남자는 용트림을 내뱉으며 전화를 끊었다. 나는 휴대폰을 내려놓고 좌석 깊숙이 몸을 기대며 눈을 감았다.

집에 도착하니 식구들은 모두 자고 있었다. 나는 출근한 복장 그대로 침대 위로 꼬꾸라져 잠이 들었다.

눈을 떠보니 이미 날이 밝았고 출근 시간은 한참 지나 있었다. 아, 씨. 아무리 그래도 결근은 아니잖아. 가라앉은 목으로 사무실 장 주임에게 전화부터 했다.

"네, 장경민입니다."

"주임님, 저 김재운이에요."

"어, 재운 씨 괜찮아요? 집에 잘 간 거예요?"

"네, 잘 왔어요. 근데 일어나보니 지금이라, 죄송합니다."

장 주임은 가식적으로 말을 이었다.

"아. 오후에라도 나올 수 있으면 오전에는 반차 쓸래요? 정 힘들면 미리 연차 쓰던가요. 아니, 어제 이 자식들이 술을 너무 먹였어."

아무도 먹이지 않았어요. 나에게 술을 먹인 건 바로 나예요, 라는 말 대신 오전 반차를 쓰겠다고 했다.

"얼른 준비하고 출근하겠습니다."

장 주임은 "하루 쉬어도 되는데……"라는 마음에도 없는 말을 하면서, 천천히 빨리 오라는 아재 개그로 통화를 마무리했다. 천근만근인 몸을 일으켜 욕실로 향하니 거실에 있던 엄마가 부리나케 다가와 등짝을 때렸다.

"첫 회식이라고 오버한 거야? 너 새벽에 들어왔지? 회사는 어떡하고?"

"지금 갈 거야."

욕실에 들어가 거울을 보니 화장이 번진 얼굴에 제멋대로 엉겨 붙은 머리카락까지 엉망진창이었다. 더는 보고 있기가 괴로워 해바라기 샤워기를 세게 틀고 그 아래에 엉거주춤 섰다. 온몸을 때리는 물줄기 한가운데 서서 눈을 감고 생각했다. 이 회사에서도 나는 술또라이라고 불리겠지. 그 남자 엔지니어한테는 뭐라고 불릴까. 씨, 알 게 뭐야.

의외로 회사에서는 조용히 넘어갔다. 자신들이 환영식을 빙자해 억지로 술을 먹여 어린 여직원을 힘들게 했다고 여기는 분위기였다. 오히려 다음 날부터 더 많이 챙겨주고 양보해주고 배려해주려 애썼다. 그게 더 불편했다. 그런 대접 아닌 대접을 받으며 극명히 느낀 것은 나는 이곳에서 그들의 동료로 존재하지 않는다는 사실이었다.

회식 때 나를 긴장하게 만든 불균형한 성비가 주는 불편함은 사무실에서도 고스란히 이어졌다. 긴 출장을 마치고 출근한 엔지니어들은 컴퓨터를 하는 척하면서 맞은편에 앉아 일하는 나를 훑끔거렸다. 회사 메신저로 불필요한 대화나 농담을 건네는 일은 다반사였다. 어쩌다 치마를 입은 날이면 옷차림이나 외모에 관한 이야기를 몇 번씩 들어야 했다. 하지만 그 모든 일은 뭐라고 반응해야 할지 망설이다 보면 끝나 있었다. 모든 희롱은 신속하고 교묘하게 이루어졌기에 여자 혼자 있는 사무실에서, 게다가 가장 어린 신입 직원으로서 핏대를 세우기 쉽지 않았다.

회식 날 나를 집에까지 데리고 갈 작정이었던 남자 엔지니어는 특히 상태가 심각했는데, 마치 내가 자신의 전 애인이라도 되는 듯 굴었다. 그것도 아주 처참하게 차인 순정남으로 포지셔닝하기로 한 눈치였다. 사정을 모르는 다른 직원들은 그날 그가 나를 집에까지 데려다준 걸로 알고 있었기에 우리만 보면 작은 환호를 보내며 놀려댔다. 그때마다 남자는 복잡한 표정으로 입을 다물었다. 나 역시 아무 말 하지 않자 오히려 그게 더 의심스러웠는지 직원들은 저마다 쓸데없는 개그를 쳤다.

얼마 뒤 직원들은 또 회식을 하자고 했다. 또 한번 나의 흐트러진 모습을 보고 싶다는 듯이. 그래서 뭐 하게? 이제는 응급실이 아닌 누군가의 집에서 깨도 어색하지 않을 터였다. 아니면 그 남자 엔지니어는 회식 전부터 제대로 된 복수를 계획할지도 모른다. 이번에는 장난으로 끝나지 않을 수도 있다.

이후 회식에서부터는 술을 입에도 대지 않았다. 환영식 때 내가 망가진 것은 술을 이상하게 마시는 술꾼이어서가 아니라, 딱 그날만 못 마시는 술에 입을 댔기 때문이라고 거짓말하며 사이다만 홀짝거렸다. 그러고는 1차가 끝나면 부리나케 집으로 왔다.

맨정신으로 집에 돌아와서 본격적으로 술을 마셨다. 이 회사가 분명 이상하긴 한데, 뭐가 이상하다고 딱 집어 말할 수가 없네, 쌍. 차곡차곡 쌓이는 스트레스는 술이 달래주었다. 매일 칼퇴근을 하고 집에서 혼자 자정이 넘을 때까지 마신 뒤 잠이 들었다. 하지만 맨 처음 환영식 다음 날 그랬던 것처럼 결근이나 지각만큼은 하지 않도록 주의를 기울였다. 나머지 직원들 역시 남자들끼리 모인 술자리에는 흥미가 떨어졌는지 점차 회식 빈도가 줄어들었다.

회사 일은 은갈치가 말한 대로 한직이었다. 종일 할 일이 없어 일본어를 공부하는 척하다가 웹 서핑만 하고 퇴근하는 날이 많았다. 급히 번역할 문서가 있거나 일본어로 메일을 보내야 하는 일이 생기면 차라리 반가웠다. 어떻게 일해도 회사에서는 칭찬만 들었다. 김재운 씨가 와서 드디어 회사 업무가 자리 잡았다며 지사장은 반가워했고, 장 주임은 정직원은 떼어 놓은 당상이라며 설레발을 쳤다. 하지만 매일 아르바이트를 전전하며 정신없이 살아온 나는 지나치게 평화로운 일자리가 오히려 곤혹스러웠다. 그렇다고 새로운 일자리를 찾아다닐 의욕도 없었기에 일단 1년만 넘겨보기로 했다. 퇴직금이라도 받고 나가는 걸로.

영혼은 집에 놔두고 몸만 출근하는 시간을 얼마쯤 더 보냈을 때 휴대폰으로 전화가 왔다.

"김재운 작가님 맞으시죠?"

작가님이라니? 난 작가님이 아니고 일개 계약직 사원인데. 그런데 전화 잘못 거셨어요, 라고 하기에는 너무 내 이름이라 일단 물었다.

"음……. 무슨 일로 그러세요?"

"안녕하세요. 허준석 작가님 소개로 연락드립니다. 저는 채널D의 박주홍 피디라고 합니다."

허준석? 보급형? 그 이름이 왜 여기서 나와? 전화를 건 남자는 일본 영상물 번역작가를 구하는 중, 허준석에게 나를 소개받았다고 했다. 뒤이어 자신의 방송국을 소개하며 함께 일하는 데 관심 있다면 미팅을 해보자고 권했다. 원한 섞인 이름을 1년여 뒤에 다시 듣게 된 것도 어이가 없었는데, 그가 나에게 진짜 일자리를 구해줬다는 게 더 황당했다. 다친 제비의 다리를 고쳐주었는데 그 제비가 이듬해 박씨를 물어다 주었다는 옛날이야기가 생각났다.

며칠 뒤 연차를 내고 피디를 만나러 방송국에 갔다. 방송국은 처음이라 그저 신기했다. 피디라는 사람도 실제로 처음 봤는데 인상이 나쁘지 않았다. 텔레비전 드라마에 나오는 피디들은 다 괴팍하고 냄새날 것처럼 생긴 데 반해 그는 정상인으로 보였다. 보급형은 나에 대해 경험은 없지만 분명 일을 잘할 친구라고 말해놓은 모양이었다. 자신이 해도 될 일을 나에게 넘긴 느낌이었다. 피디는 내 이력서를 대충 훑어보더니 짤막한 아동용 만화 영상에 번역 자막을 달아보라고 했다. 면접 대신이라 생각하고 작업해 보내달라고.

그날부터 퇴근 후 바로 집으로 와 번역 작업에 몰두했다. 처음에는 뭐가 뭔지 헷갈렸지만, 봤던 화면을 또 보고 대사를 바꿔보고 여러 번 다른 위치로 재배치해 문서파일을 만들었다. 10분 남짓한 동영상에 자막을 붙이는 데 예상보다 영겁 같은 시간이 걸려 놀랐지만 일은 재미있었다. 태어나서 처음으로 창작 활동이 주는 성취감을 경험했다. 거의 나흘 밤을 새워 자막을 만들어 보냈더니 피디가 다음 날 전화를 걸어왔다.

"처음 해보신 건데 깔끔하게 하셨네요. 역시 허 작가님 추천이라 다르네요. 어떻게, 같이 일해보시겠어요?"

오랜만에 가슴이 뛰었다. 거의 1년 반 전, 온 맘에 온몸까지 다(했으나 신통치는 아니)했던 보급형의 가르침으로 드디어 영상번역 일에 발을 들이게 되나 싶었다.

다음 날 바로 회사에 사직 의사를 밝혔다. 그동안 잠자코 일하던 내가 갑자기 그만둔다고 하니 회사는 거의 초상집 분위기였다. 문제의 엔지니어는 마침 해외 출장 중이었기에 성가심이 줄었지만, 옆자리 장 주임은 노골적으로 서운하다는 티를 냈다. 그날 점심을 먹고 회사 정문 옆, 작은 화분이 다닥다닥 붙어 있는 급조된 정원 같은 데서 믹스커피를 마시고 있는데 장 주임이 물었다.

"재운 씨, 관두고 뭐 하려고?"

"영상번역 작가 되려고요."

나는 마치 평생 그 일로 먹고살 사람처럼 당당하게 말했다. 그러자 장 주임은 조롱을 감추지 않은 채 대꾸했다.

"작가? 작가가 아무나 되는 건 줄 알아?"

나는 장 주임의 얼굴을 빤히 쳐다보았다. 장 주임은 허를 찔린 듯 눈동자를 끔뻑거리다 변명처럼 중얼거렸다.

"재운 씨. 내가 그동안 재운 씨한테 신경 많이 쓴 거 알지? 작가 일 그거, 불규칙하고 수입도 별로잖아. 그냥 있어. 내가 더 잘해줄게."

순간 깨달았다. 그래 이거. 바로 이거. 이거 때문에 내가 이놈의 회사가 불편했던 거야. 내 의지로 일을 선택하고 일하고 그만두려고 하는 이 시점까지 이 인간들은 나를 동료가 아닌 여자로 대하고 있었다. 특히 장 주임은 내가 잘 만나오다가 갑자기 결별을 선언한 것처럼 묘한 태도로 나를 어르고 달래려 들었다. 어차피 당신은 내가 하던 일을 떠맡는 게 싫은 거잖아. 근데 왜 이런 식으로 질척거리는 건데. 앞으로 어떤 여직원이 오든 너네 이 더러운 짓거리 안 그만두면 그 사람도 오래 못 간다. 여긴 회사지, 룸살롱이 아니라고 미친 새끼들아.

하지만 나는 모든 말을 꾹 삼키고 2주 뒤 회사를 빠져나왔다. 일찌감치 집으로 돌아와 술을 홀짝이고 있으니 문제의 엔지니어로부터 문자가 왔다.

이참에 제대로 만나볼래?

꺼져. 노답인 새끼한테는 차단이 답이다.

퇴사 후 은갈치에게 추후 남은 절차를 물으니 돌아온 대답은 다음과 같았다.

"다른 데서 일을 또 하고 싶은 게 아니라면 딱히 없고요. 근데 업무 인수인계 기간을 빼니 근무 기간이 1년이 안 되네요. 아쉽지만 퇴직금 지급은 어렵겠는데요?"

너도 참 끝까지 가지가지 한다고 생각했지만 이번에도

그저 말을 아꼈다.

"알겠습니다."

그날 밤, 집 앞 전통 주점에서 혼자 고주망태가 될 때까지 술을 마시고 나서 은갈치에게 발신자번호를 지우고 문자를 보냈다.

개새끼야 인생 그렇게 살지 마라 이 좆같은 새끼야 순진한 사람 하나 농락하니까 속이 시원하냐 이 사기꾼 같은 놈아 그렇게 쪼잔한 소갈머리로 퍽이나 잘 먹고 잘 살겠다

다음 날 아침, 눈을 떠보니 답장이 와 있었다.

김재운 씨, 이다음에 일자리 필요하시면 연락하세요. 건강 생각해서 술은 적당히 드시고~^^;

★

어느새 보급형의 소개로 시작한 영상번역 일을 15년째 하고 있다. 일에 대해서는 강박적인 면이 있어서 단 한 번도

마감을 넘긴 적이 없다. 번역작가들의 실력은 다 거기서 거기겠지만, 마감일을 칼같이 지키는 습관 때문인지 일이 끊긴 적은 없다. 아니, 오히려 그 점을 성실함으로 보았는지 피디들은 줄곧 나를 찾았고, 다른 방송국이나 프로덕션에도 소개해주었다. 굵직한 작품들을 꾸준히 맡고 자막에 대한 시청자들의 반응도 괜찮았기 때문에 업계에서는 자리 잡은 모양새였다. 친구도 취미도 없었기에 그저 소처럼 일했다. 일이 끝나면 말술을 마셨다.

박주홍 피디와 장기간 일하는 사이에 강 피디가 신입으로 입사했다. 신입 피디가 제작을 담당하기까지 몇 년은 걸리므로 나와는 접점이 없었지만, 박 피디가 건강상의 이유로 휴직하면서 막 입봉한 강 피디에게 나를 소개해주었다. 이후 강 피디가 기획하는 일본 드라마나 애니메이션 대부분을 함께 작업하게 됐다. 여전히 마감일만큼은 철저히 지키면서. 최적의 자막을 붙이기 위해 몇 날 밤을 새우면서.

영상번역 일은 업무량과 작업 시간에 비해 보수가 안쓰럽기 짝이 없다. 그래도 가끔 있는 미팅을 제외하면 온라인이나 재택근무로 업무가 가능해 최대한 사람을 상대하고 싶지 않은 나에게 적합한 직업이다. 결말이 어쨌든 간에 이 모든 전개에 보급형에게 고오마운 마음을 갖고 있다.

엄마는 어렵지 않게 요양보호사 자격증을 취득했다. 하지만 요양 시설에서 일하는 건 자신도 없고 시간도 여의치 않다며 가정방문 요양 업체에 등록했다. 오전부터 점심시간이 지날 때까지 서너 시간 동안 배정된 집에 방문해 거동이 불편한 노인을 돌보고, 나머지 시간은 집에 돌아와 아빠를 보살폈다. 엄마가 일시적으로 일을 늘리면 내가 그만큼 더 집에 머물렀다. 가족의 생활 리듬이 점점 안정되어갈 무렵 다짐했다. 나 먹고사는 것만큼은 내가 벌고, 번 것은 조금이라도 저축하자고. 아빠가 마련한 집에서 엄마가 해주는 밥을 먹으며 나 먹고사는 것을 스스로 조달하겠다는 말이 어불성설임을 알면서도 별다른 방법이 없었다.

그러나 돈은 버는 족족 술값으로 빠져나갔다. 하지만 술은 노동과 간병밖에 없는 삶에 유일한 탈출구 같은 것. 나는 술이 있어야만 생존할 수 있었다. 술로 사람 대하는 법을 배웠고 친구를 사귀었다. 엄마의 외도, 보급형과의 한심한 섹스, 짧지만 좆같았던 직장 생활로부터 나를 구원해준 술은 어느새 삶의 기둥이자 멘토가 되어 있었다.

술은 나를 더 열심히 일하게 만들어주었다. 프리랜서에게는, 특히 주야장천 앉아서 해야 하는 번역 일에는 딱히 퇴근 시간이 없었다. 종일 모니터 앞에 앉아 있다가 허리가 끊어질 것 같거나 눈이 침침해 더는 화면에 집중할 수 없거나 졸음이 억수로 쏟아지면 비로소 그날 작업을 마쳤다. '퇴근'이라는 생각이 들면 갑자기 힘이 솟구쳤다. 오늘 할당량을 끝내면 이따 마음껏 마실 수 있다는 생각에 더 집중했다. 퇴근 후 술이 기다린다는 믿음이 자양강장제가 되어주었다.

퇴근하기로 결정하고 나면, 대충 옷을 챙겨 입고 나가 동네를 크게 몇 바퀴씩 빠르게 뛰었다. 온종일 앉아만 있는 생활에 이만큼도 움직이지 않으면 죄책감이 쌓이는 것은 물론 온몸이 뭉쳐 다음 날 작업에도 영향을 미쳤다. 짧고 굵은 운동은 더욱 술맛을 돌게 해주었다. 몸에 땀이 흠뻑 밸 즈음 집 앞 편의점으로 향했다.

처음에는 만 원에 네 캔 하는 맥주랑 안주 한두 개를 사와 두어 캔 마시고 잠들었지만, 날이 갈수록 양이 늘었다. 한번 나갈 때 네 캔을 사 오면 순식간에 다 마셔버렸기에 다시 옷을 주워 입고 편의점으로 갔다. 다녀간 지 얼마 되지 않은 손님이 또 그만큼의 술을 사 가는 걸 본 편의점 주인은 "집들이하시나 보다"라며 말을 걸었지만, 매일같이 오는 모습에 거리를 두는 게 좋겠다고 판단했는지 나중엔 조용히 계산만 했다.

맥주는 배가 불러 소주를 섞어 마셨고, 그다음엔 더 효율적으로 취하기 위해 소주만 마셨고, 이후에는 더 짧은 시간에 취하기 위해 작은 병에 든 양주나 35도 담금 소주를 마셨다. 결국 주종을 가리지 않고 그저 손에 잡히는 대로 샀다. 어떤 술이든 상관없었고, 맛도 중요하지 않았다. 단시간에 깊이 취하기만 하면 됐다.

다 마신 술은 붙박이장 안에 넣어두었다가 집에 아무도 없을 때 한꺼번에 가지고 나가 버렸다. 처음에는 캔 몇 개뿐이었던 술 쓰레기가 며칠 만에 20리터 종량제 비닐 봉투 가득 모였다. 옷장을 열 때마다 찌든 술 냄새가 진동했다. 점점 옷장이 술 쓰레기장이 돼가는 걸 보면서도 아무 감각이 없었다. 매일 취한 머리로 생각했다. 이 낙도 없이 어떻게 살아. 이까짓 술, 마음만 먹으면 언제든 끊을 수 있어.

입원실의 밤은 일찍 찾아온다. 밤 10시가 되자 아빠는 그 날 마지막 약을 먹고 잠에 빠졌다. 병실에서 혼자 불을 밝히고 있는 것도 마땅치 않아 일찌감치 바닥에 있는 보호자 침대에 누웠다. 딱딱하고 비좁은 침대에서 천장을 응시하니 오늘 보낸 하루가 전생처럼 느껴졌다. 문득 캐비닛에 넣어놓은 맥주가 떠올랐다. 금세 입안에 침이 돌았다.

아빠는 입을 조금 벌린 채 잠들어 있었다. 소리를 내지 않으려고 애쓰며 보호자 침대를 뒤로 밀어 캐비닛 문을 열었다. 비닐이 내는 바스락 소리에 주의하며 맥주가 든 검은 봉지를 꺼내 들자 조금씩 흥분됐다. 마셔야지. 마시고 싶으니까. 봉지를 들고 최대한 발소리를 줄여 입원실을 빠져나왔다.

한밤중에 비닐봉지를 들고 밖으로 나가는 나를 야간 근무 중인 간호사들이 수상하다는 듯 쳐다봤다. 그중 한 간호사가 말을 걸었다.

"지금 나가시면 출입문이 잠겨 다시 들어오기 어려우실 수도 있는데 괜찮으세요?"

그 말을 무시하고 입원실을 빠져나와 서둘러 엘리베이터 하강 버튼을 눌렀다.

다음 날, 시끄러운 소리에 눈을 뜨니 바깥이었다. 탁한 시야로 주위를 둘러보니 어제 낮에 술을 산 편의점의 야외 테이블 앞에 앉아 있었다. 가까스로 기억을 더듬어보니 어젯밤 맥주를 마실 적당한 장소를 찾다 여기로 온 게 떠올랐다. 혼자 술을 마시다 동나면 몇 번씩 출입문을 들락날락하며 다시 사 와 마셨겠지. 테이블 위에는 소주병과 맥주 캔, 마른안주와 봉지째 활짝 열려 있는 과자, 먹다 남은 컵라면이 놓여 있었다. 취한 채 부려놓고 엎어져 잠이 들었나 보다.

정신을 차리고자 멍하니 앉아 있는데 편의점 사장님으로 보이는 아저씨가 밖으로 나왔다. 엊저녁에 본 기억이 나는 것 같기도 하고. 파란색 유니폼 조끼를 입은 아저씨는 허리 위에 손을 올린 채 내 앞에 우뚝 섰다.

"아줌마. 아직도 안 갔어요? 밤새워 여기서 술 마신 건 알아요?"

대뜸 날아드는 짜증에 뻘쭘해져 쭈뼛쭈뼛 몸을 일으켰다. 순간 다리에 힘이 풀려 상체가 앞으로 쏠렸다. 네모난 플라스틱 테이블을 손바닥으로 짚자, 반대편에 놓여 있던 술병이 와르르 쏟아졌다. 줍기 위해 상체를 굽히니 테이블 아래로 흘러내린 라면 국물이 머리 위로 뚝뚝 떨어졌다.

"가관이네, 가관이야."

간밤에 만들어놓은 쓰레기를 더 엉망으로 해놓는 모습이 꼴사나웠는지 아저씨는 잔소리를 퍼부었다.

"경찰에 신고하려다가 참았어요. 뭔 일이라도 나면 어떡하려고 새벽 내내 여자 혼자 그렇게 술을 마셔요. 아, 대충 치우고 가요, 아줌마!"

도망치듯 자리를 떴다. 최대한 빠른 걸음으로 걷는 내 뒷모습을 편의점 아저씨가 계속 지켜보고 있는 게 느껴졌다. 분한 나머지 확 뒤돌아 한마디 했다.

"아, 씨발. 아줌마 아니라고!"

씩씩대며 꺼지기 직전인 휴대폰을 흘낏 보니 아침 10시가 다 돼 있었다. 휴대폰에는 아빠의 부재중전화 다섯 통, 엄마의 부재중전화가 열 통, 정운에게 세 통이 와 있었다. 정운이 보낸 카톡도 있었다.

누나 어디야??? 전화도 안 받고 뭐 하는 거야?!!

아, 간다고 씨. 다들 날 못 잡아먹어서 안달이야. 어기적어기적 병원 출입구로 가 마스크부터 구걸한 후 입장 등록을 하고 엘리베이터에 탔다.

입원실에는 아무도 없었다. 어제까지 아빠가 누워 있던 침대 위에는 이불이 개켜져 있고 주변에 짐도 없었다. 엄마에게 전화를 걸었다. 신호음이 한참 지난 후 가라앉은 목소리가 들렸다.

"그래."

"어디야? 입원실에 아무도 없는데?"

엄마는 대답 대신 한숨을 푹 쉬었다.

"여보세요? 아, 어딘데? 퇴원한 거 아니지?"

"김재운, 너 진짜……!"

"아, 어디냐고."

순간 엄마의 휴대폰을 낚아채는 듯한 정운의 목소리가

들렸다.

"아빠 곧 수술 들어가니까, 3층 정형외과로 와."

수술? 정형외과? 영문을 알 수 없었지만 서둘러 엘리베이터에 탔다.

어젯밤 내가 병실을 빠져나갈 때 아빠는 얼핏 잠에서 깼다고 한다. 화장실이나 휴게실에 갔으려니 하고 기다렸지만 몇 시간이 지나도 돌아오지 않자 내 휴대폰으로 전화를 걸었다고. 물론 나는 받지 않았겠지. 혹시 집에 갔을까 싶어 엄마한테 연락했지만 집에는 오지 않았다는 말에 아빠는 침대에서 몸을 일으켰다. 그사이 링거 줄이 당겨져 어두운 병실에서 한 손을 더듬어 링거 스탠드를 찾고, 다른 한 손으로는 침대 난간을 잡고 내려오던 중 침대 아래에 있는 지지대에 올린 발이 미끄러지면서 그대로 바닥으로 떨어졌다고.

새벽에 들려온 쿵 소리에 같은 병실의 환자가 잠에서 깨 비상벨을 눌렀다. 이내 도착한 간호사는 아빠가 바닥에 엎어져 발목을 잡고 있는 걸 보고 부축해 침대 위로 올렸다.

잠시 후 병원의 연락을 받은 엄마가 택시를 타고 왔지만, 아빠를 두고 나갈 수가 없어서 새벽 내내 병실에서 나를 기다렸다. 아침이 되자 아빠 발목은 두 배로 부어 있었다. 서둘러 엑스레이를 찍으니 발목이 골절되어 수술해야 한다고 했다. 밤사이 벌어진 일들과 함께, 퇴원을 기다리던 아빠가 또 수술을 앞두고 있다는 소식을 정운은 흥분과 분노를 억누르며 전했다. 엄마는 꼴도 보기 싫은지, 내가 입원실에 들어서는 걸 보자마자 자리를 떴다. 아빠는 나를 보고 뭐라 설명할 수 없는 복잡한 표정을 지으며 말했다.

"난 또, 뭔 일 난 줄 알았다."

아직 술이 덜 깬 머리로 이 상황을 어떻게 받아들여야 할지 감이 잡히지 않았다. 불과 몇 시간 전에 아빠 앞에서 술을 마시지 않겠다고 한 다짐이 환시처럼 느껴졌다. 아빠가 누운 침대 맞은편에 멍하니 서 있자, 간호사가 이동용 침대를 밀고 들어오더니 수술 준비를 시작했다.

간호사는 정운의 도움을 받아 아빠를 이동용 침대로 옮겼다. 곧이어 능숙한 움직임으로 병실 밖으로 침대를 밀고 나갔다. 나와 정운은 얼떨떨한 표정으로 움직이는 침대를 따라갔다. 병실 바깥에 있던 엄마는 아빠 침대가 복도로 나온 걸 보고 우리 옆에 서서 가만히 걸었다. 아빠가 누운 침대가 수술실 안쪽으로 들어가고 문이 닫히자, 나는 그 앞에 풀썩 주저앉았다. 엄마는 다가와 나를 일으키려다 그새 힘이 풀렸는지 옆에 같이 주저앉았다.

아빠의 수술은 무사히 끝났다. 중증 암환자로서 또 다른 수술을 받는 게 염려되었지만 하반신 마취만으로 진행된 수술인 데다 결과도 나쁘지 않다고 했다. 아빠는 정형외과 병동에 하루 이틀 더 입원하고 암 병동으로 옮기거나 퇴원할 예정이라고 했다. 수술 후 아빠가 휴식을 취하는 동안 엄마와 정운은 나를 간호사실 옆 보호자 휴게실로 끌고 들어갔다. 그때까지도 나는 술이 완전히 깨지 않은 상태였다. 대충 의자에 엉덩이를 걸치자 정운이 말했다.

"누나, 입원하자."

뭔 소리야. 난데없는 말에 눈을 치켜뜨고 쳐다봤다.

"뭘 입원? 아빠 입원했잖아."

정운은 굳은 표정으로 대꾸했다.

"아, 아빠 말고 누나."

"그러니까, 내가 입원을 왜 하냐고."

옆에서 잠자코 있던 엄마는 하염없이 이어질 듯한 대화가 듣기 괴로웠는지 인상을 쓰며 끼어들었다.

"에휴, 됐어. 김재운, 엄마 말 똑바로 들어. 너 지금부터 알코올 병원에 입원할 거야. 바로 요 앞 건물이야. 알코올중독, 병원 들어가면 금방 낫는대. 약 먹고 치료받고……."

아이 씨, 내가 무슨 어린앤 줄 알아. 어떻게든 좋은 말로 타이르는 엄마의 말에 짜증이 북받쳐 언성이 높아졌다.

"뭔 소리야. 웃기고 있어, 진짜."

그 말에 정운이 버럭 큰소리를 쳤다.

"누나! 제발…… 엄마 말 좀 들어!"

넌 뭣도 모르는 게 왜 끼어들어? 두 사람의 진지한 분위기가 어이없어 의자에서 벌떡 일어나자 정운이 내 팔을 잡았다. 엉거주춤 선 채 정운에게 잡힌 팔목을 빼려 했다.

"놔, 이거."

"앉아. 아직 얘기 안 끝났어."

정운은 힘을 주어 나를 의자에 앉혔다. 차마 못 보겠다는 듯 얼굴을 찡그리던 엄마는 한숨을 푹 쉬더니 내 손을 부여잡았지만 나는 거칠게 뿌리쳤다. 엄마는 상처 하나 받지 않은 표정으로 말했다.

"재운아. 엄마가 딱 한 번만 부탁할게. 진짜 딱 한 번만. 제발 입원하자. 너도 만날 술 마시고 쓰러지고 토하고, 얼마나 힘들어. 너 20대 아니야, 이제 마흔이야."

말은 마흔이라고 하면서 자꾸만 애 취급을 하는 엄마의
말투에 스멀스멀 분노가 일었다.

"나 안 힘들어. 술 좀 마시는 게 뭐가 문제라고 병원을 가
래, 가기를……."

옆에 서 있던 정운은 내 말이 다 끝나기도 전에 한 서린
목소리로 퍼부었다.

"아픈 아빠 옆에 있다가 갑자기 사라지고, 툭하면 연락도
안 되고 집에서도 늘 취해 있다며. 그게 조금 마시는 거야?
내가 이 얘기는 안 하려고 했는데, 누나 때문에 아빠 다리 부
러졌어. 가뜩이나 오늘내일하는 양반이 누나 때문에 또 수술
했다고! 그런데 아직도 술 조금 마시는 게 어떠냐는 헛소릴
하고 있어? 제정신이야?"

모르는 사람들 앞에서 고함을 치며 잘난 양 훈계를 이어
가는 정운의 말에 꼭지가 돌았다. 나는 정운에게 잡힌 팔목
을 휘두르며 소리쳤다.

"닥쳐! 씨발 새끼야! 너 누나가 그렇게 만만해? 내가 좆
같냐, 미친 새끼야?"

아까부터 휴게실에서 각기 다른 자세로 귀만 쫑긋 세우

고 우리 이야기를 엿듣던 사람들이 숨죽인 채 경악하는 게 느껴졌다. 홱 쳐다보자 화들짝 놀라 시선을 피했다. 이 모든 상황에 열이 뻗쳐 소리쳤다.

"아 씨발, 뭘 봐요! 구경났어요?"

정운은 내 어깨를 잡아당겨 나를 다시 의자에 주저앉혔다.

"아, 누나 제발 좀!"

엄마는 좀 전부터 아무 말 없이 고개를 숙인 채로 있었다. 정운에게 두 팔을 잡혀 씩씩거리는 와중에 흘끗 보니 엄마는 눈을 꾹 감고 있었다. 하고 싶은 말이 있지만 참겠다는 듯. 분노도 감내하겠다는 듯. 엄마는 지금 내가 아닌 수치심과 싸우고 있었다. 그래, 내가 쪽팔리지? 하필 나 같은 게 딸이라서 돌아버리겠지? 그러게 왜 건드려 나를! 그 모습에 도장을 찍듯 한마디 내뱉었다.

"안 가. 가나 봐. 내가 병원을 왜 가?"

그 말에 엄마는 의자에서 벌떡 일어나더니 나를 노려봤다. 엄마를 더 화나게 할 방법을 생각하기도 전에 엄마는 내 뺨을 후려쳤다. 순간적으로 돌아간 고개를 바로 하지도 못하고 있는데 엄마는 힘이 빠진 듯 휴게실 바닥에 풀썩 주저앉았다. 정운은 놀라 나를 잡고 있던 손을 놓고 엄마를 일으키려 했지만 엄마는 정운의 손을 내치고 나를 향해 무릎을 꿇었다. 그리고 이번만큼은 물러서지 않겠다는 듯 두 손에 힘을 주어 바지를 구겨 잡더니 흐느끼며 중얼거렸다.

"재운아. 엄마가 빌게. 엄마 한 번만 도와줘라. 딱 한 번만 병원 가자. 응?"

사람들 다 보란 듯이 신파극을 재현하는 엄마가 기가 막혀 가슴속에서 불기둥이 솟구쳤다. 또 이런 식이지? 또 나만 나쁜 년이지? 정운은 엄마와 나 사이에서 이러지도 저러지도 못하다 이를 악물고 내 귓가에 중얼거렸다.

"간다고 해, 누나. 입원한다고 해!"

"시끄러워. 미친 새끼야!"

"자꾸 그러면 그냥 입원시킨다?"

"본인 동의 없이? 내가 동의할 것 같아? 내가 왜 해, 절대 안 해, 씨발."

엄마는 그 말에 바닥을 더듬거리더니 가방 속에서 종이 한 장을 꺼냈다.

"너 동의 없어도. 나랑 아빠 동의로 입원시킬 수 있어."

엄마가 내 얼굴 앞에 들이민 입원동의서에는 아빠와 엄

마의 도장이 각각 찍혀 있었다.

"봤지? 얼른 가."

이건 또 언제 써놨어. 준비성 한번 대단하네? 분이 쌓여 씩씩대고 있으니, 엄마와 정운은 마치 연행하듯 내 팔을 한 쪽씩 잡았다. 힘을 줘 떼어내려 했지만 두 사람에게서는 절대로 놓치지 않겠다는 결의가 느껴졌다. 한참을 버둥거리다 포기하듯 힘을 빼버리자 엄마와 정운은 엘리베이터로 가는 발걸음을 재촉했다.

휘청거리는 척 주위를 두리번거리며 비상문부터 찾았다. 하지만 내가 조금만 걸음을 늦춰도 정운은 잡은 팔에 힘을 주며 앞으로 끌어당겼다. 씨발놈. 범죄자 연행이라도 하냐? 하지만 여기서 도망치려고 했다가는 일이 커질 것 같아 두 발에 힘을 줘 걸음을 멈추며 외쳤다.

"잠깐. 아, 알았어. 갈게! 간다고! 이것 좀 놔봐."

엄마는 팔에 준 힘을 살짝 빼더니 내 얼굴을 들여다봤다. 반면 정운은 못 믿겠다는 듯 여전히 나를 단단히 잡고 있었다.

"아, 화장실 급해서 그래! 화장실만 갔다가 가자고!"

그 말에 엄마는 내 팔에서 손을 떼더니 벽 쪽에 붙은 의자로 가서 털썩 앉았다. 정운은 의심스러운 눈초리로 쩨려보다 팔에 감은 손을 풀었지만, 화장실 들어가는 것까지 지켜보겠다며 여자 화장실 앞에 떡하니 섰다. 마침 화장실을 빠져나가던 여성이 정운을 이상한 눈으로 쳐다봤다. 이때다 싶어 나는 정운에게 손을 내저었다.

"비켜. 사람들 불편해하잖아."

정운은 잠깐 머뭇거리다 엄마 옆으로 가 앉았다.

화장실로 들어가 일단 세면대에서 손을 씻는 척했다. 잠시 후, 중년 여성이 화장실 칸에서 나와 내 옆에 섰다. 이 사람이 나갈 때 몸을 숨겨 빠져나가자. 외래환자로 보이는 여자는 손에 묻은 물기를 털며 거울을 봤다. 그가 머리를 매만지며 걸음을 옮길 때, 뒤에 바짝 붙어 섰다. 여자가 나를 흘끔거리는 게 느껴졌다. 그럼에도 미동도 하지 않는 내가 의아했는지 아예 뒤돌더니 "어머, 아가씨 왜 이래요"라며 말을 걸었다. 나는 못 들은 척 잽싸게 여자의 팔짱을 끼고 뒤로 몸을 숨겼다. 여자를 앞으로 밀면서 걸으니 그는 연신 "어머, 어머, 어머" 하면서 내 팔을 떼어내려 안간힘을 썼다. 하지만 나는 더 매달리듯 팔에 힘을 주고 여자를 앞으로 밀면서 발소리를 최대한 죽여 걸었다. 얼마 뒤 감았던 팔을 풀고는 발걸음에 속도를 붙여 걷다가 전력 질주하기 시작했다.

"누나! 아 씨, 누나!"

등 뒤에서 정운의 목소리가 들렸다. 이윽고 덩치 큰 남자가 둔탁하게 달리는 소리가 병원 복도 가득 울렸다. 나는 잡히면 끝장이라는 생각으로 재빨리 비상구 문을 열고 계단을 뛰어 내려갔다. 심장이 입 밖으로 튀어나올 것 같았다. 다리가 제멋대로 후들거렸다. 아직 소화되지 않은 술이 배 속에서 출렁거렸다.

★

타닥타닥타닥. 화장실도 못 가고 몇 시간을 내리 앉아 작업에 몰두하고 있는데, 휴대폰이 울렸다. 강 피디였다.

"네, 피디님."

"작가님, 2시간 후에 자막 편집 들어갈 건데 그 안에 주실 수 있겠어요?"

노트북 하단 작업표시줄을 보니 어느새 오후 2시였다. 힘들 것 같은데. 하지만 아무렇지 않게 대답했다.

"거의 다 했어요. 금방 보낼게요."

"넵!"

통화를 마치자, 조금씩 숨이 가빠졌다. 얼마 전부터 작업할 때마다 가벼운 공황 증세가 찾아왔다. 억지로 숨을 깊게 들이마시고 내쉬며 가슴을 두드렸지만 효과는 없었다. 어쩔 수 없이 모니터 옆에 둔 맥주 캔을 몇 모금 들이켰다.

강 피디와 새 작품을 시작한 이후, 눈에 띄게 작업 속도가 느려졌다. 집중력이 예전 같지 않았고 아슬아슬하게 마감 시간에 맞추거나 마감을 넘기기 일쑤였다. 이 일을 해오면서 유일한 장점이 성실함 하나였는데, 번번이 강 피디의 전화를 받고 나서야 부랴부랴 시간을 확인하며 작업을 서둘렀다. 언제부턴가 작업 중에도 술을 마셨기 때문에 퀄리티도 예전 같지 않았다. 은근히 귀신같은 강 피디는 눈치챘겠지. 생각해보겠다고 말만 하고 가타부타 답변도 하지 않은 정직원 이야기는 물 건너간 지 오래였고, 어쩌면 이 드라마를 끝으로 당분간 작업 의뢰가 들어오지 않을지도 몰랐다. 그것만큼은 절대 안 될 일이다. 나는 여러 번 눈을 크게 감았다 뜨며 모니터를 응시했다. 앞으로 2시간, 어떻게든 해봐야지.

입원을 거부한 날. 도망치듯 지하철역을 향해 달릴 때,

주머니에 넣어둔 휴대폰의 진동이 계속 울렸다. 정운이 아니면 엄마겠지. 진동을 무시한 채 지하철역으로 들어가 나도 모르게 집 반대쪽을 향하는 플랫폼으로 내려갔다. 플랫폼 중앙에 떡하니 서 있기도 뭐해서 둥근 기둥 뒤에 등을 기대고 섰다. 교도관들을 피해 도망가는 탈옥수가 된 기분. 아니, 대체 뭔데 멀쩡한 나를 이 지경으로 만들어? 그때 다시 휴대폰 진동이 울렸다. 웅웅대는 게 귀찮아서 전원을 끄려고 꺼내드니 강 피디였다. 곧장 숨을 고르며 받았다.

"하……. 네, 피디님."

"작가님. 아니, 운동하세요? 뭔 숨을 이렇게."

"아, 아니에요. 말씀하세요."

"우리 영상, 웹하드에 올렸습니다. 바로 작업 시작하시면 돼서 일단 2화까지 올려놨어요. 이후 검토하는 대로 쭉쭉 올릴게요. CG 작업이랑 편집 스케줄 봐가면서 움직이겠지만, 평소처럼 스피디하게 작업해주시면 돼요. 오늘부터 작업 가능하시죠?"

"네. 바로 확인하고 시작할게요. 감사합니다."

"제가 감사하죠. 부탁드릴게요!"

서둘러 반대편 플랫폼으로 이동했다. 얼른 집에 가서 대충 짐을 챙겨 빠져나와야 할 것 같았다. 도착한 열차에 몸을 싣고 빈자리를 찾아 앉았다. 깔끔하지 않은 행색에 술 냄새까지 풍겼는지, 옆에 앉아 있던 여자가 얼른 몸을 일으켜 다른 자리로 옮겼다. 다 귀찮아져서 창문에 머리를 기대고 눈을 감았다.

집에 도착해 쭈뼛쭈뼛 현관문을 열었더니 다행히 아무도 없었다. 재빨리 방으로 들어가 커다란 백팩에 노트북, 일본어 한자어 사전과 펜, 휴대폰 충전기 등을 아무렇게나 욱여넣었다. 그러고 나니 뭘 더 챙겨야 할지 알 수 없었다. 지갑을 열어 신용카드와 신분증이 잘 있는지 확인하고, 책상 서랍을 뒤져 예금통장과 도장을 꺼냈다. 어쩌면 당분간 집에 못 올지도 모른다. 옷장 서랍을 열어 속옷과 양말도 몇 개 꺼내 가방에 집어넣었다.

내 방을 빠져나와 조용한 집 안을 한번 둘러보았다. 서울 변두리의 40평대 신축 아파트. 어쩌면 중산층의 상징이라고도 할 수 있는 공간. 행복한 우리 집이라고는 결코 말할 수 없었지만, 불행만 가득한 집이라고 하기에도 석연치 않은 곳이었다. 이 집을 분양받고 입주하던 날, 들떴던 엄마 아빠의 얼굴이 떠올랐다. 엄마는 말했다.

"이 집에서 너랑 정운이 결혼시키는 게 엄마 소원이야."

하지만 지금은 사람이 여럿 사는 집임에도 사람 냄새조차 나지 않았다. 식탁 위에는 아빠의 약통이 줄줄이 늘어서 있었다. 모든 게 지긋지긋해져 등을 돌려 신발을 꿰어 신고는 밖으로 나갔다.

터덜터덜 걸어 지하철역에 도착해 병원 반대편으로 가는 열차를 탔다. 일단 타긴 했는데 어디로 가야 할지 알 수 없었다. 문 위에 붙은 지하철노선도를 봤지만 하나도 눈에 들어오지 않았다. 철제봉을 잡고 문 옆에 기대듯 서니 조금씩 술이 깨며 몸에 한기가 올라왔다. 입고 있던 패딩 점퍼의 지퍼를 목 끝까지 올리다 퍼뜩 좋은 생각이 났다. 그래, 거기. 오랜만에 거기에 가보자.

15년 만에 다시 간 대학교 앞은 예전 풍경이라고는 찾아볼 수 없을 정도로 변해 있었다. 주말이라 수업도 없는데, 내 딸이나 아들뻘이라 해도 어색하지 않을 나이의 학생들이 많이 보였다. 학생도 학부모도 아닌 나는 여기서도 붕 떠 보이겠지.

제멋대로인 이름에 각개전투하듯 드문드문 늘어서 있던

밥집, 카페, 술집은 다 간판이 바뀌어 프랜차이즈 떡볶이집, 프랜차이즈 카페, 바와 펍의 중간쯤 되어 보이는 술집이 돼 있었다. 그중에 아직 남아 있는 가게도 있었다. 우리 학교 학생들보다 멀리서 더 많이 찾아와 먹는다는 떡볶이집, 복사와 제본을 하는 가게, 어두운 계단을 걸어 올라가야 했던 2층 돈가스집도 여전히 영업 중이었다.

매일 가던 호프집은 아직 있을까? 지금은 프랜차이즈 커피 전문점으로 바뀐 찻집 모퉁이를 돌아 비스듬하게 난 골목길을 걸어가면 나오는 건물 2층에 호프집이 있었다. 한때 거기 창가 자리에 앉아 하염없이 맥주를 마시면서, 수업이 끝난 학생들이 어딜 갈지 고민하는 모습을 바라보곤 했다.

가게들은 다 바뀌었지만 골목길은 그대로였다. 내 기억으로 몇 걸음만 더 걸으면 그 술집이 보일 것이었다. 하지만 건물 앞에 가보니 2층은 세계 맥주 전문점으로 바뀌어 있었다. 주인이 바뀐 걸까. 역시나 1층에도 못 보던 치킨집이 들어서 있었다. 예전에는 동동주집이었는데.

마음이 조급해져 좁은 계단을 빠르게 올라가니 맥줏집이 나타났다. 출입문에 기대 안쪽을 흘끗 보니, 아직 영업 전인 듯 어두컴컴했다. 혹시 몰라 출입문 오른쪽 벽에 달린 자동

문 센서를 눌렀는데 다행히 문이 열렸다. 그 참에 센서가 작동했는지 점내에 경쾌한 소리가 퍼졌다. 삐리삐리삐리. 주방 안에서 한 남자가 걸어 나왔다.

"영업하세요?"

남자는 손목시계를 확인하고는 내키지 않지만 허용한다는 듯 대답했다.

"네. 토요일은 5시부턴데, 들어오세요."

남자는 다시 주방에 들어가며 말했다.

"편하신 자리에 앉으세요."

가게 안은 이전과 같은 가게라고 할 수 없을 만큼 모든 게 바뀌었지만 십몇 년 전 매일 내가 취기에 빠져들던 자리를 잘하면 찾을 수 있을 것 같았다. 길가로 난 창문은 새시도 모양도 바뀌었지만 창을 마주하는 형태로 길게 배치된 자리는 여전했다. 폭이 좁은 나무 소재의 바 옆을 찬찬히 걸어보았다. 창밖을 바라보며 그때 봤던 하늘이 어떤 느낌이었는지 기억해내려 애썼다. 잠시 후 머릿속에 희미하게 남은 정경과 어느 정도 일치한 풍경을 보여주는 창가를 찾았다. 거기에 앉아 휴대폰 전원을 끄고 서둘러 맥주를 주문했다.

다음 날, 온몸을 파고드는 한기에 눈을 떴다. 흐릿한 시야로 주위를 둘러보니 한 번도 와본 적 없는 곳 같았다. 정신을 차리려 고개를 이리저리 흔들다 아래를 내려다보니 한쪽 발만 신발이 벗겨져 있었다. 양말은 어디로 갔는지 맨발이었다. 어제까지 입고 있던 패딩 점퍼도 보이지 않았다. 그 탓에 감기에 걸렸는지 코가 꽉 막혀 숨쉬기 힘들었다. 목이 퉁퉁 부어 몇 번 헛기침을 해봐도 쉰소리만 났다. 어리둥절한 채로 상황을 살피니 파출소였다.

내가 눈 뜬 걸 확인했는지 경찰복을 입은 남성 하나, 여성 하나가 다가왔다.

"정신이 좀 드세요?"

경찰의 손엔 내 휴대폰이 들려 있었다.

"기억나시죠? 선생님 동의하에 지갑에서 신분증 확인했고요. 휴대폰도 동의하에 잠시 빌렸습니다. 댁에 연락 취했고요, 가족분들 오고 계실 겁니다."

동의한 기억은 없지만 가족이라는 말을 듣자마자 경찰관 손에 있던 내 휴대폰을 낚아챘다. 얼른 도망부터 쳐야 했다. 제대로 나오지도 않는 목소리를 쥐어짜 말했다.

"저 그냥 집에 갈게요. 갈 수 있어요."

남자 경찰관은 그럴 리 없다는 듯 신발 한 짝만 겨우 신은 내 발을 내려다보았다. 그 시선을 무시하듯 몸을 일으키며 말했다.

"남은 절차가 있어요? 없으면 갈게요."

그러자 그는 가볍게 내 앞을 막아서며 말했다.

"가족분들 도착하시면 같이 귀가하시는 게 좋겠습니다."
그 말에 머리를 조아리며 거짓말을 시작했다.

"가족들 오면 안 돼요. 큰일 나요. 저 제발 보내주세요."
옆에 있는 여성 경찰관은 나의 절박한 연기에 가정폭력을 의심하는 눈치였다. 안타까움이 묻어나는 얼굴에 쐐기를 박았다.

"선생님, 저 가족들 만나면 맞아 죽어요. 술 더 마셔요. 제발 저 좀 살려주세요, 제발요."

바짓가랑이라도 물고 늘어지듯 비니 그는 차분하게 말했다.

"……후. 진정하시고요. 기억나세요? 어제 술 드시던 데서 영업 끝날 때까지 드시다가 완전히 뻗으셔서 술집 사장님이 신고하신 거. 손님들하고 말다툼도 하신 것 같던데. 술값도 안 내셨다면서요."

당연히 기억에 없었지만 다 알고 있다는 듯 고개를 숙였다. 그나저나 제 옷이랑 신발은 어디 갔어요? 입을 열어봤자 스스로 무덤 파는 격이겠지. 대신 변명하듯 재빨리 대답했다.

"지금 바로 가서 술값 낼게요, 정말 죄송합니다! 제발 한 번만 봐주세요!"

남자 경찰관은 질렸다는 듯 말을 이었다.

"음주 소란과 무전취식은 경범죄처벌법에 따라 처벌됩니다. 그런데 전과 없으시고, 주취로 파출소에 오신 것도 처음이라 훈방 조치하는 겁니다. 다음부터는 벌금 부과되거나 구류되실 수 있어요. 아시겠죠?"

나는 말 잘 듣는 아이처럼 세차게 고개를 끄덕였다. 어떻게든 빨리 빠져나가려 등을 반쯤 돌리자 두 사람은 혀를 차는 표정을 짓다 이내 자기 자리로 돌아갔다. 나는 한쪽 발로 차가운 바닥을 느끼며 허둥지둥 파출소를 빠져나왔다.

밖으로 나오니 차가운 바람이 양 볼을 때리듯 세차게 불었다. 주차장에 쭈그려 앉아 가방을 뒤져 맨발에 양말을 두 켤레 겹쳐 신었다. 추위에 몸을 잔뜩 웅크린 채 큰길을 찾아 걸었다. 일단 슬리퍼라도 사서 신어야겠다.

파출소 사건 이후, 학교 근처 여성 전용 원룸텔에서 생활했다. 당분간은 번역 작업에 집중하는 게 우선이었기에 한 달 치 방세를 치렀다. 보증금 100만 원에 월세는 43만 원. 쌀밥과 김치와 컵라면이 무상으로 제공되고, 공용으로 샤워실과 화장실, 냉장고를 쓸 수 있었다. 각방에는 병원 보호자 침대처럼 딱딱하고 가느다란 침대가 하나 있었고, 비좁은 책상과 접이식 의자, 벽에는 접이식 행거가 붙어 있었다. 근처 학생들이 주로 사는 곳인 줄 알았는데, 나보다 나이가 많아 보이는 여성도 있었고 늙수그레한 할머니도 보였다. 원룸텔에는 의외로 다양한 연령층이 살고 있었다.

병원을 빠져나온 후로 집에서 오는 전화는 받지 않았고, 문자나 카톡에도 답하지 않았다. 내가 또 술을 마시고 어떻게 된 건 아닌지 불안에 시달리던 엄마는 계속 연락을 받지 않으면 실종 신고를 하겠다고 으름장을 놓았다. 그 탓에 딱 한 번 답장을 보냈다.

신고하지 마. 나 멀쩡히 있으니까.

이후에도 뻔질나게 전화를 걸던 엄마와 정운은 며칠 지

나니 간간이 카톡이나 문자로만 소식을 전해왔다. 아빠는 퇴원해 집에서 요양 중이라는 기별. 엄마는 일을 잠시 쉬고 아빠 곁에 머물고 있다는 안부. 어디서 어떻게 지내느냐는 원망 섞인 물음들. 내가 없어도 집은 잘 돌아가고 있었다.

매일 아침 느지막이 일어나 공용 부엌에 있는 밥에 김치와 라면을 먹고 작업을 위해 책상 앞에 앉았다. 다행히 양 옆방에 하나는 대학생, 하나는 밖에서 일하는 사람인 듯 저녁까지 벽간소음이 없어 집중하기 수월했다. 몇 시간 동안 불편한 의자에 꼼짝없이 앉아서 작업하고 나면 밖에 나가 술을 사 왔다. 매일 똑같은 편의점이나 마트에 가다가는 이 동네에서마저 진상으로 찍힐 것 같아 여러 가게를 전전하며 그날치 술을 사 모았다.

더 이상 밖에서 술을 마시지 않기로 다짐했다. 술은 하루에 한 번만 사기로 나름의 원칙도 세웠다. 술병을 버리지 않고 모아두거나 술을 여러 병 사 보관해두는 것도 관두기로 했다. 좁은 공간에 술 냄새가 배면 원룸텔 관리실장한테 무슨 말을 듣게 될지 몰랐고, 술을 보관해둘 공간도 여의치 않았다. 얼핏 반듯한 음주 생활을 유지하고 있는 것 같았지만, 음주량은 집에서 살 때보다 배로 늘었다. 눈치 보며 마시지 않아도 된다는 것, 내키는 만큼 마실 수 있다는 점이 음주에 불을 댕겨주었다. 짧은 시간에 폭풍같이 술을 마시고 꼬꾸라진 다음 눈뜨면 다음 날 오후였다. 다행히 스스로 내 몸을 좁은 공간에 결박해두었기에 불미스러운 소동이 벌어지는 일은 없었다.

그 술집에는 바로 가지 못했다. 원룸텔에 가방 하나가 전부인 짐을 부리고 근처 천원숍에서 세면도구와 타월, 휴지 등을 사고, 이틀이 더 지난 후 오픈 시간 전에 술집을 찾았다. 출입문을 열자 울리는 센서 소리에 주방에서 나온 사장은 처음에는 누구인지 모르겠다는 얼굴이었다가, 이내 꼴도 보기 싫다는 듯 고개를 돌리며 한숨을 푹 쉬었다. 나는 그 자리에서 고개를 푹 숙였다.

"술값 낼게요."

사장은 지긋지긋하다는 얼굴로 카운터로 가 시스템 계산기를 열었다.

"15만 8000원이요."

술값 저렴하기로 소문난, 대학교 앞 술집에서 그날 혼자 안주도 없이 15만 원이 넘는 술을 마신 것이다. 나는 16만 원을 내밀며 말했다.

"잔돈은 됐습니다."

그러자 그는 냉기 어린 손짓으로 2000원을 내밀며 말했다.

"나도 됐어요."

머쓱함에 말없이 가게를 빠져나오려는데, 사장이 부엌에 들어가더니 커다란 쇼핑백 하나를 들고 나왔다.

"이거요. 그날 입은 옷, 요기 1층에 떨어져 있었어요."

쇼핑백에는 내 것이 분명한 검은 패딩 점퍼가 개켜져 들어 있었다. 수치심에 얼굴이 화끈거렸다. 말없이 고개 숙여 감사를 표하고 등을 돌렸다. 그러자 그는 내 등 뒤에다 말했다.

"단주 모임 나올 생각 없어요?"

내가 뭘 잘못 들었나. 등을 돌려 그를 봤다. 단주 모임이라니. 세상 누구보다 단주하고 싶지 않은 사람이 나인데 무슨 소릴 하는 거야. 나는 사이비종교를 권유하는 사람을 마주했을 때처럼 정색하며 대답했다.

"아니요."

그러자 그는 가볍게 대답했다.

"알겠어요. 나중에 생각 있으면 얘기하세요."

대답도 하지 않고 가게를 빠져나왔다. 자기도 술장사하는 주제에 무슨 단주 모임을 권해. 망하려고 작정했나. 그러는 너는 술장사하면서 술 안 마시냐? 안 마시면 그거야말로 진정성 없는 거 아니냐? 머릿속에서 창궐하던 혼잣말이 입 밖으로 튀어나왔다. 길을 걷던 학생들이 나를 피하며 걷는 게 느껴졌다. 웃기고들 있네. 너네는 평생 안 늙을 것 같지? 뭣도 모르는 핏덩어리 새끼들아. 혼잣말을 중얼거리며 눈앞에 보이는 편의점에 들러 그날 치 술을 사 원룸텔로 귀가했다.

며칠 뒤, 반복해서 울리는 휴대폰 진동음에 잠에서 깼다. 언젠가 맞춰둔 알람인가 싶어 화면을 확인하니 강 피디였다.

"네, 피디님."

"작가님, 좀 이따 편집 들어가야 하는데 자막이 안 와서요. 언제까지 보내주실 수 있어요?"

무슨 편집, 무슨 자막. 흐릿한 머리로 상황을 파악하려 애썼지만 도무지 불가능했다.

"네……?"

그러자 강 피디는 장난스럽게 대꾸했다.

"에이, 설마 마감 잊으신 거 아니죠?"

그 말을 듣고 허둥지둥 휴대폰 달력을 여니 오늘 날짜에 '7화 마감'이라고 쓰여 있었다. 내가 언제 이걸 써놓았더라?

조만간 작업하자는 생각만 하고 6화 자막을 넘긴 날 술을 퍼마신 걸까. 다음 날 일어나 쓰린 속에 해장술을 마셨던가. 해장술이 자연스레 음주로 이어져 또 술을 퍼 나르고 연이어 마셨나. 며칠 간의 기억이 완벽하게 날아가고 없었다.

술에 빠져 살다 보면 날짜 감각이 사라진다. 요일 및 시간 감각뿐만 아니라 계절의 흐름조차 깨닫지 못한다. 그저 방구석에서 술과 한 몸이 된 채 취하고 깨고 다시 취하는 일만 반복한다. 그런 날들에 요일이 무슨 소용이며 날짜가 어떤 의미가 있나. 더웠던 날씨가 추워지는 것도, 내내 춥다가 봄이 오는 것도 알지 못하고 관심도 없다. 저절로 삶에 공백이 생긴다. 공백은 점점 늘어나서 하루가, 일주일이, 한 달이, 그리고 1년이 순식간에 증발한다. 마시고 취하는 동안 그저 술을 마시는 것뿐이라고 생각하지만 그 어느 때보다 적극적으로 삶을 망가뜨리고, 망가뜨린 기억마저 잃어버린다. 하지만 그걸 깨닫더라도 다시 마시는 것 말고 할 수 있는 게 없다.

그래도 이제껏 작업 일정만큼은 잊지 않고 지내왔는데 마감을 깡그리 잊은 채 술을 마셔왔다니 실로 충격이었다. 여전히 부대끼는 속을 느끼며, 대체 며칠 연속으로 술을 마신 건지 기억하려 애썼지만 헛수고였다. 입에서 제멋대로 거짓말이 흘러나왔다.

"피디님, 죄송합니다. 제가 몸이 안 좋아서 누워 있느라 날짜를 확인 못 했어요. 정말 죄송합니다."

"아……."

휴대폰 너머 강 피디의 당혹한 침묵이 이어졌다. 나는 만회하듯 얼른 말을 이었다.

"지금이라도 작업해서 일부라도 먼저 보내겠습니다. 조금만 기다려주세요!"

강 피디는 어쩔 수 없다는 투로 알겠다고 했다. 전화를 끊고 서둘러 책상 앞에 앉아 노트북을 열었다. 머리는 깨질 것 같고 속은 메스껍고 눈은 흐릿해서 아무리 모니터를 들여다봐도 집중이 되지 않았지만, 이번 마감까지 못 지킨다면 답이 없었다. 이미 이번 드라마 작업을 시작한 이래 몇 번이나 마감을 어기지 않았던가. 뻐근한 눈을 억지로 크게 뜨며 영상을 재생했다. 퀄리티는 다음 문제고 일단 넘기기나 하자. 키보드를 두드리는 두 손이 덜덜 떨렸다.

꼬박 30시간을 뜬눈으로 지새워 작업을 마쳤다. 웹하드에 마지막 파일을 올린 후 강 피디에게 문자를 보냈다.

피디님, 방금 다 올렸습니다! 정말 죄송합니다. 다음부터 이런 일 없도록 할게요!

하지만 강 피디에게서 답장은 오지 않았다. 절박한 심정으로 침대에 눕지도 못하고 휴대폰을 쥔 채 오도카니 앉았다. 아무리 기다려도 오지 않는 답장을 기다리다 책상 앞에 엎드려 잠이 들었다.

다음 날, 몇 시인지 모를 시간에 잠에서 깼다. 좁은 책상 위에서 웅크리듯 잤더니 온몸이 마비된 것 같았다. 서둘러 휴대폰부터 확인했지만 강 피디의 부재중전화도 문자메시지도 없었다. 불안해져서 부랴부랴 옷을 챙겨 입고 밖으로 나갔다.

몇 개월 전, 강 피디에게 정직원 자리를 제안받은 카페에 도착했다. 습관적으로 에코백에 넣고 다니는 텀블러를 내밀어 아이스아메리카노를 주문하고, 늘 앉던 창가 자리에 털썩 앉으니 조금씩 술이 깼다. 점심시간이 지난 카페에는 삼삼오오 모여 수다를 떨며 커피를 마시는 회사원들이 보였다. 세수도 안 한 얼굴에 헝클어진 머리, 무릎 나온 고무줄 바지 아래 슬리퍼를 신은 사람은 나밖에 없었다. 다급한 마음에 여기까지 뛰어왔지만 이 행색으로 강 피디를 마주하는 게 말이 될까. 일단 연락이나 해볼까. 추레한 몰골을 생각하니 도무지 전화번호를 누를 용기가 나지 않았다. 이윽고 몰려오는 초조함과 불안함. 그걸 처리할 방법을 나는 알고 있었다.

커피를 벌컥벌컥 마신 다음 얼음만 남은 텀블러를 소파 안쪽 모서리에 세웠다. 바닥에 내려둔 에코백 안에 손을 집어넣으니 640밀리리터짜리 페트병 소주가 만져졌다. 술이 보이지 않도록 한 손으로는 에코백을 잡듯 페트병을 쥐고 다른 손으로는 뚜껑을 돌려 열었다. 그리고 텀블러 안으로 조금씩 쏟아부었다. 소주를 가득 채운 후 냄새가 퍼지지 않게 얼른 페트병 뚜껑을 닫아 에코백 안으로 집어넣었다. 서둘러 텀블러 뚜껑도 닫았다.

주변을 쓱 훑어본 다음 텀블러를 손에 쥐고 몇 번 흔들고는 한 모금을 마셨다. 후. 안도감이 식도를 타고 내려갔다. 연이어 두세 모금 삼키니 가슴에 머물던 뜨거운 두근거림이 차가운 얼음덩이로 바뀌어 속이 뻥 뚫리는 것 같았다. 이후 연거푸 텀블러에 든 소주 맛 커피, 아니, 커피 향 소주를 들이켰더니 이내 짤랑짤랑 얼음 부딪치는 소리만 났다. 굳어 있던 얼굴이 느슨해졌다. 하아. 좀 살 것 같았다.

후, 하고 한숨을 쏟아내니 술 냄새가 훅 끼쳤다. 가방 안을 뒤져 초콜릿을 입에 털어 넣고 마스크를 꺼내 입가를 단단히 가렸다. 다시 숨을 토해보았다. 후우, 이러면 아무도 모르겠지. 소파에 등을 기대 가볍게 눈을 감았다 떴다. 심호흡을 한번 하고 나서, 강 피디의 전화번호를 찾아 통화 아이콘을 눌렀다. 신호음이 몇 번 이어진 후 강 피디가 전화를 받았다.

"여보세요."

"피디님, 저 김재운인데요. 제가 지금 피디님 회사 앞 카페에 와 있는데요……."

말을 마치기도 전에 강 피디는 업무적인 목소리로 소곤거렸다.

"지금 회의 중이라, 좀 이따 연락할게요."

전화가 뚝 끊겼다. 밀려오는 민망함에 머리가 하얘졌다. 가슴이 쿵쾅거려 한 손으로 꾹 눌러보았지만 진정되지 않았다. 지푸라기라도 잡는 심정으로 가방 안에서 남은 소주를 꺼내 뚜껑을 열고 벌컥벌컥 마셨다. 미처 삼키지 못한 소주가 입 밖으로 흘러 목을 타고 내려갔다. 닦을 생각도 못 한 채 목구멍 안으로 소주를 들이붓고 있으니 갑자기 카페가 적막에 휩싸였다. 페트병에서 입을 떼 고개를 옆으로 돌리자 아까 음료 주문을 받은 아르바이트생과 카페 사장으로 보이는 중년 여성이 나란히 서 있었다. 사장은 입을 열었다.

"아가씨."

대답 대신 흘끗 쳐다보니 사장이 말했다.

"아니, 여기서 술을 마시면 어떡해요. 여기 카페예요. 외부 음식 반입 금지고요!"

나는 그에게서 시선을 거두며 받아쳤다.

"커피 시켰잖아요. 그리고 이거 음식 아닌데요."

다시금 소주를 들이켜자 사장은 내 손에서 페트병을 빼앗아 등 뒤로 감췄다. 그 행동에 이성을 잃어 사장의 등 뒤로 손을 가져갔다.

"내놔요!"

화들짝 놀라 나를 막아선 아르바이트생을 밀치고 사장의 손에 든 페트병을 빼앗으려 안간힘을 썼다. 사장은 내 억센 힘에 몸을 가누지 못하고 비틀거리다 바닥에 꼬꾸라졌고, 아르바이트생은 비명을 지르면서 사장을 일으키려 몸을 숙였다. 카페에 있던 손님들이 자리에서 일어나 웅성거렸다. 사장이 손에서 놓친 페트병이 바닥에 뒹굴며 아까운 소주가 흘렀다. 그걸 본 나는 얼른 페트병을 집어 들고 자리에 주저앉아 남은 소주를 꿀꺽꿀꺽 마셨다. 그리고 양 손바닥을 그러모아 바닥에 쏟아진 술을 손안에 담고는 단 한 방울도 흘리지 않게 조심하며 입안으로 흘려 넣었다. 바닥에 엉켜 있던 아르바이트생과 사장은 아연실색해 나를 쳐다보았다. 등 뒤에서 누군가가 신고 전화를 하는 소리가 들렸다.

"파출소죠? 여기 카페에 취객이 난동을 부리고 있는데요."

그 말이 신호탄이 되어 헐레벌떡 출입문을 향해 뛰었다. 도망쳐야겠다는 생각 하나로 출입문에 돌진하려던 순간 맞은편에 아는 얼굴이 보였다. 산발인 채 한 손에 페트병 소주를 든 나를 믿을 수 없다는 표정으로 쳐다보고 있는 강 피디였다. 그는 바로 앞에 창살이라도 쳐진 듯 가까이 다가오지 못하고 멍하니 서 있었다. 그때, 카페 안에 있던 남자들이 나를 잡겠다고 달려들었다. 나는 카페 밖으로 빠져나와 차들이 달리는 도로 반대편으로 미친 듯이 달렸다. 경적과 운전자들의 욕설이 도로 가득 울렸다.

며칠이 지났을까. 구토감이 일어 눈을 뜨니 원룸텔 방바닥이었다. 방바닥에는 내가 언제 만들어놓았는지도 모를 토사물과 배설물이 여기저기 흩뿌려져 있었다. 화장실까지 갈

정신도 기력도 없어 방바닥에 토하고 대소변을 저질러놓은 것이었다. 방구석에는 각종 술병이 널브러져 있었다.

머리가 산산조각 날 것 같아 눈을 반쯤 감은 채 일어나 앉으니 엉덩이에 깨진 소주병이 닿았다. 그걸 치우려고 오른손을 움직이다 손바닥이 베었다. 붉은 핏방울이 맺힌 손을 가만히 내려다보는데 낯선 짜릿함이 온몸에 퍼졌다. 나 아직 죽지 않았구나. 이렇게 멀쩡하구나. 소리도 없이 손목을 타고 흘러내리는 피를 보자 정신이 말짱해졌다. 반대편 손으로 깨진 소주병 조각을 그러모아 꽉 움켜쥐니 시뻘건 피가 후드득 떨어졌다. 뒤이어 눈앞에 있는 빈 소주병을 집어 바닥에 탁 내려치자 유리 파편이 사방으로 튀며 흩어졌다. 양 손바닥을 쫙 펴 깨진 유리병 위로 짓이기듯 눌렀다. 초록색 유리 조각 위로 검붉은 피가 흥건히 고였다. 어깨까지 올라오는 통증에 온몸에 소름이 돋았다.

다음 날도 그다음 날도 얼마나 됐는지 모르는 날들 동안 피딱지가 엉겨 붙은 몸으로 방에 틀어박혀 술을 마셨다. 상처 난 팔은 군데군데 누렇게 변해 있었고 진물이 흘러나왔다. 그걸 보고도 불쑥 초조함이 올라오면, 맨손으로 유리 조각을 꽉 쥐거나 팔목 위로 죽 긁었다. 좁은 방에서 마시고 토하고 싸는 일을 반복한 탓에 불쾌한 냄새가 밖으로 빠져나가고 있었는지 며칠 전부터 관리실장이 툭하면 내 방문을 두드려댔다. 거친 노크 소리가 날 때마다 숨을 죽이고 소주를 홀짝였다. 관리실장은 온 원룸텔이 울리도록 쩌렁쩌렁 외쳤다.

"안에 있는 거 다 알아요. 이 방, 이번 달까지만 쓰고 빼요. 안 그러면 강제로 문 따고 들어갑니다!"

이번 달? 그게 언젠데. 이달이 무슨 달인지. 오늘이 언제인지도 알 수 없었기에 툭하면 알람처럼 재생되는 그 소리를 배경음악 삼아 술만 마셨다. 언제인가부터 방치해둔 휴대폰은 배터리가 방전되어 전원이 꺼져 있었다. 며칠 뒤, 날짜라도 확인하려고 충전기를 찾아 연결했다. 5분쯤 지나 휴대폰 전원을 누르니 온갖 메시지와 부재중전화 알림이 화면 가득 떴다. 그중 하나는 강 피디의 문자였다.

작가님, 전화를 받지 않으셔서 문자 남깁니다.

이번 작업은 지난번 보내신 분량까지만 해주시면 될 것 같아요.

나머지는 다른 작가님께 요청드렸어요.

오랫동안 작가님 믿고 작업해왔는데, 어려운 말씀을 드리게 됐네요. 그동안 수고하셨습니다.

하마터면 답장을 쓸 뻔했다. 무슨 말씀이냐고, 다음 화부터는 절대 실수 없을 거라고, 제발 한 번만 봐주시면 안 되겠냐고. 하지만 나는 아무것도 몰랐다. 다음 화가 몇 화더라. 내가 어디까지 마감했더라. 그러다가도 불현듯 울분이 올라와 이렇게 일방적으로 자르는 게 어디 있냐고 난동을 부리고 싶었다. 야, 강 피디. 지금 무슨 소리야? 이거 노동법 위반 아니야? 내가 그동안 얼마나 열심히 했는데, 어떻게 나한테 이래?

하지만 오늘이 몇 일인지도 모르는 내가 마감을 지킬 수 있을까. 억지로 기회를 얻는다 해도 그 마감 역시 까먹지 않으리라는 보장이 어디 있나. 나는 더 이상 나를 못 믿겠다. 아니, 내가 누구인지도 모르겠다. 지금 이 모습은 내가 아닌 것 같은데, 나는 어떤 사람이었는지 기억조차 나지 않는다.

이제껏 일에 몰두해온 시간이 다 거짓말처럼 느껴졌다. 갑자기 막막한 마음에 내가 들어앉은 공간을 빙 둘러보았다. 이 방 꼬라지가 딱 내 인생 같았다. 더는 이렇게 살기 싫다. 내쫓기 전에 내가 먼저 나갈 거야.

밖으로 뛰쳐나갔다. 하지만 잠시 걷다 습관처럼 편의점으로 들어갔다. 소주가 가지런히 정렬된 냉장고를 열고 상처

투성이인 손으로 서둘러 한 병을 꺼내 그 앞에서 꿀꺽꿀꺽 마셨다. 숨 한 번 쉬지 않은 채 다 비우고는 눈에 보이는 대로 소주병을 꺼내 품에 가득 안았다. 계산도 치르지 않고 가게 밖을 빠져나가는 나를 향해 편의점 아르바이트생이 외쳤다.

"손님, 계산하고 가셔야죠! 저기요! 아줌마!"

등 뒤로 들리는 목소리를 무시한 채, 소주병을 끌어안고 뛰듯이 걸었다. 그사이 품에서 빠진 소주병 하나가 땅바닥에 떨어져 사정없이 깨졌다. 아까워라. 주위를 두리번거리며 인적이 드문 장소를 찾았다. 저 멀리 허름한 건물이 눈에 들어왔다. 입구에 불도 켜져 있지 않은 걸 보니 안심이 됐다. 유리로 된 출입문을 열고 들어가 바닥에 털썩 주저앉았다. 품 안의 소주를 소중히 내려놓고, 떨리는 손으로 한 병씩 따서 들이켜기 시작했다.

얼마나 시간이 지났을까. 눈을 뜨니 원룸텔이었다. 여기서 혼자 살고부터는 귀소본능이 발달한 건지 밖에서 필름 끊기는 일이 거의 없었다. 편의점에 술을 구하러 나간 후 며칠이 지난 걸까. 술에서 깬 기억이 나질 않는 걸 보면, 잠에서 깨 다시 술을 마시고 취해 잠들었다가 일어나면 다시 술로 하루를 시작한 듯했다. 분명 술을 구하기 위해 몇 번 외출을 했을 텐데 모든 기억은 날아가 있었고, 며칠 동안 얼마나 많은 술을 마셨는지도 떠오르지 않았다. 구역질이 나서 바닥에 입을 대고 꺽꺽댔지만 나온 건 노란 위액뿐이었다. 그 와중에도 방바닥에 굴러다니는 술병을 하나하나 살피며 남은 술을 찾아 입안으로 들이부었다. 그러고 나면 또 속이 부대껴 잠시 위액을 토하고는 다시 술병에 입을 갖다 댔다.

　시간이 지나자 더는 술도 마실 수 없었다. 기도가 1밀리미터도 안 되게 좁아졌는지 알코올조차 넘어가지 않아 마시는 족족 토했다. 며칠 동안 먹은 것이라고는 술밖에 없었으므로 온몸에 힘이 빠져 방바닥에 엎어져 있었다. 바짝 마른 나무껍질처럼 쩍쩍 갈라진 피부에서는 참을 수 없는 가려움이 느껴졌다. 피딱지가 생길 정도로 벅벅 긁었지만 성에 차지 않아 깨진 소주병 조각을 쥐고 사정없이 가려운 곳을 그었다. 팔과 다리 위로 난 예리한 상처 사이로 벌건 피가 번져 흘렀다. 피를 닦을 의지도 없이 그대로 눈을 감았다.

　서서히 정신이 아득해졌다. 저 멀리에서 새카만 어둠이 나를 집어삼킬 듯 빠르게 다가왔다. 이대로 눈을 감으면 그대로 천국이려나. 참 나. 이 지경을 해놓고 천국을 기대하다니. 스스로 생각해도 우스웠다. 천국은 개뿔. 난 분명 연옥으로 빨려 들어가겠지. 어떻게든 눈을 떠보려 했지만 눈꺼풀은 좀처럼 올라가지 않았다. 반쯤 눈을 감은 채 손을 뻗어 휴대폰을 찾았다. 멋대로 벌어진 입에서는 위액이 흐르고 있었다. 마른기침을 몇 번 하니 입안에서 시뻘건 피가 후드득 튀어나왔다. 흐릿한 시야로 화면을 보며 숫자를 누른 다음 중얼거렸다.

"119죠. 저 좀 살려주세요."

4
부

술을 끊는 일은 자신이 술에 무력하다는 사실을 인정하는 것에서부터 시작된다. 얼핏 간단해 보일지 몰라도 알코올에 중독된 사람에게는 가장 어려운 일이다. 술에 대해 가장 잘 아는 사람은 바로 자신이라고 장담한다. 끊으려면 언제든 끊어낼 수 있다고 생각하지만 그런 사람일수록 술을 마셔온 세월만큼, 술을 줄이려고 노력한 세월 또한 길다.

며칠만이라도 마시지 않기 위해 달력에 하루하루 날짜를 세며 금주를 실천한 적이 있었다. 하지만 마시지 않는 날이 쌓여갈수록 이렇게나 참은 스스로가 대견해 마실 수 있는 날이 오기만을 기다렸다. 결국 목표한 날을 다 채우고 나면, 이전보다 더 엉망으로 취했다. 그런 날은 며칠간의 기억이 통째로 날아갔다.

주량을 제한해보기도 했다. 하루에 두 잔 혹은 한 병까지만 마시는 걸로. 그러자 점점 도수가 높은 술을 찾게 되었고 한 병만 마셔도 취기에 몸을 가누기 힘든 고량주, 양주, 담금소주를 찾게 됐다. 그런 날은 다음 날 숙취에서 벗어나기 위해 해장술이 필요했다. 해장으로 끝냈어야 할 음주는 며칠간 계속됐다. 그쯤 되면 취기가 사라질 겨를도 없이 계속 마시는, 일명 '장취'가 이어졌다.

혼자 마시는 습관이 위험한 것 같아 사람들과 있을 때만 마시기로 결심한 적도 있었다. 별 이유도 없이 만남을 계획하고, 친하지도 않은 사람들에게 불쑥 연락해 술 약속을 잡았다. 만남은 핑계였고 어떻게든 술을 마시는 게 목적이었다. 사람들은 난데없는 연락을 반가워하면서도 만나면 혼자 말없이 술만 들이켜다 분위기를 이상하게 만드는 나를 점점 피하기 시작했다. 자연스레 집구석에서 혼자 술을 마시는 생활로 되돌아갔다.

술을 줄이거나 끊으려는 시도는 번번이 실패로 끝났다. 어떻게든 술을 멀리하려 할수록 거센 갈망이 올라와 더 크게 무너졌다. 맨정신으로 있으면 늘 초조했고, 사소한 일에도 짜증이 북받쳤으며 툭하면 분노와 원한에 불이 붙었다. 그걸 해결하기 위해 얼른 술을 집어 들었다. 다음 날 찾아오는, 또 마시고 말았다는 자괴감은 자연스레 새로운 술이 달래주었다.

어느새 술이 나를 마시고 있었다. 어떤 날은 맥주 한 잔을 마셨을 뿐인데도 필름이 끊겼다. 사소한 것부터 큼지막한 사건까지 기억이 사라지는 건 일상이 됐고, 취하면 내가 어떤 짓을 하는지도 가늠할 수 없었다. 나는 인정해야 했다. 스스로 술을 통제할 수 없으며, 술에 대해서는 아무것도 할 수 있는 게 없다는 것을. 하지만 애초에 그걸 아는 사람이었다면 알코올에 이 정도로 무력해지지 않았을 거다.

119 구조대의 도움으로 나는 들것에 실려 원룸텔에서 빠져나왔을 것이다. 그리고 가까운 응급의료센터로 이송되었을 거고 이 과정에서 엄마에게 연락이 갔겠지. 보호자의 동의하에 위세척을 받고, 하루 동안 병원에 누워 있다가 역시 보호자의 동의하에 퇴원했을 것이다. 분명 모든 과정에 엄마 혹은 정운이 함께했을 텐데 대부분의 기억이 날아가 있었다.

이후 석 달간 여성 전문 알코올 병동에 입원했다. 이제껏 그렇게 들어가기 거부했던 알코올 병동에 내 발로 기어들어간 셈이다. 건물 전체가 알코올 전문병원이었는데, 층별로 엘리베이터 앞에 두꺼운 철제문이 붙어 있었고 경비원이 서 있었다. 철제문과 엘리베이터에는 잠금장치가 설정되어 있어 아무나 열 수 없었다.

병원에 도착하자마자 의사와의 면담과 기초 검진을 했던 것 같다. 생각만큼 몸 상태가 엉망은 아니었는지 엄마는 다행스러워했다. 이후 병원에 상주하는 사회복지사와의 상담을 거쳐 입원 절차를 밟은 후 엄마는 병원을 떠났다. 엄마가 엘리베이터에 타자, 병원 안에 있는 나와 엘리베이터 안에 있는 엄마 사이에 철제문이 무겁게 닫혔다. 밖으로 나오는 일은 꿈도 꾸지 말라는 듯이 철컹 하고 닫히는 철제문을 보면서 비로소 내가 폐쇄병동에 입원했음을 실감했다. 엄마는 철제문 맞은편에 멍하니 서 있는 나를 차마 보지 못하고 고개를 돌렸다.

병원에서의 생활은 다 기억나지 않는다. 끼니마다 먹는 약에 취해 있었기 때문이다. 매일 아침 7시 반이면 첫 식사를 했다. 처음에는 도무지 식욕이 없어서 밥을 거의 다 남겼지만 입원이 길어지면서 점점 그릇을 싹싹 비우게 되었다. 일과 중에는 '프로그램' 혹은 '교육'이라 일컬어지는 활동들이 있었는데 주로 단체체조나 요가를 했고, 가벼운 기구를 이용한 운동도 할 수 있었다. 미술치료 시간도 있어서 종이공예나 점토공예를 하거나 그림을 그렸다. 일주일에 한 번씩 집단상담을 했고, 매일 입원자들끼리 둥그렇게 모여 앉아 알코올중독 치료 자조 모임도 가졌다. 그때 처음으로 단주 모임이라는 걸 알게 되었다. 하지만 자리만 지켰을 뿐 입을 뗀 적은 없고, 다른 사람들이 이야기할 때는 내내 졸았다.

일주일에 한두 번씩 퇴원 후 성공적으로 단주 생활을 이어가고 있다는 사람들이 찾아와 일명 '메시지'라는 것을 전했다. 술과 연결되지 않는 너무나 말짱한 모습에 '저 사람이 알코올중독이었다고? 거짓말하고 있네' 하며 의심할 때도 있었고, '저 인간은 지금 잘난 척하면서 떠들고 있지만 조만간 다시 마시게 될 거다'라고 여겨지는 사람도 있었다. 그들은 마치 단주 모임이 신이라도 되는 양 찬양했다. 모임을 통해 인생이 바뀌었다고 이야기하는 그들을 보면서 퇴원하더라도 내 발로 거기 가는 일은 없을 거라고 코웃음 쳤다.

여성 전문 알코올 병동이라는 구색을 갖추기 위해서인지 십자수 시간도 있었는데, 하는 내내 성질만 돋았고 오히려 술 생각이 간절해져서 한두 번 참여하다 때려치웠다. 강사는 그럴 때 찾아오는 분노와 답답함의 이면에 뭐가 있는지 들여다보라고 했지만, 나는 세상에서 제일 어려운 이야기를 아무렇지도 않게 하는 그의 면상을 후려치고 싶었다.

글쓰기가 마음을 정화해준다고 해서 감정 일기를 쓰는 시간도 따로 있었는데, 종이를 온통 욕설로 채우다가 펜으로 벅벅 긁어 찢어버리곤 했다. 보고 싶은 사람에게 편지를 쓰는 시간에는 다들 열심히 종이에 코를 박고 쓰면서 눈물을 짜내곤 했지만, 나는 보고 싶은 사람이 없어서 쓰지 않았다. 명상 시간에는 방귀 뀌는 사람이 꼭 있었다.

그나마 저녁 식사를 마치고 다 함께 모여 텔레비전을 보던 시간이 가장 평온했다. 마음 맞는 사람들도 몇 만났다. 개중에는 나가서 진하게 한잔하자며 꼬시는 사람들이 있었다. 폐쇄병동에 입원한 상태임에도 어찌된 일인지 술을 구해 마시는 사람이 있었다. 그 사람 옆에 지나가면 늘 은은하게 소주 냄새가 났다.

퇴원하고 나서는 본가에 며칠 머물렀다. 엄마는 밥을 차려준 뒤 내가 밥을 다 먹을 즈음 다가와 처방약을 손바닥 위에 올려놓고 내 앞에 섰다. 나를 혼자 두는 건 음주를 방치하는 일이라 굳게 믿었던 건지 화장실에 갈 때조차 보초를 섰다. 방문을 열 때마다 문밖에 엄마나 아빠가 있었다. 물을 마실 때도 따라 붙는 시선이 느껴졌고, 베란다 너머를 쳐다볼 때도 누군가가 멀찌감치 서서 나를 지켜보았다. 기억이 가물가물한 입원 생활보다 집에서의 며칠이 더 악몽 같았다. 감옥도 그 정도는 아닐 것이다.

며칠 후에는 엄마와 함께 동네 보건소를 찾았다. 알코올 병동 퇴원 환자들을 위해 생활 지원과 상담을 해준다고 했다. 사회복지사 역시 나에게 단주 모임을 권했다.

"입원하셨을 때 해보셨죠? 퇴원하면 혼자 단주가 가능할 거라 생각하시지만, 곧바로 음주를 시작하는 분들이 꽤 많아요. 그럴 때 단주 모임이 큰 도움이 됩니다."

아, 그놈의 단주 모임. 진짜 지겹거든요? 당연히 한 귀로 듣고 한 귀로 흘렸다. 하지만 엄마는 사회복지사의 말이 마치 성경 말씀이라도 되는 양 들을 때마다 고개를 끄덕였다. 나는 그 모습에서, 만약 내가 단주 모임에 나간다고 하면 엄마가 외출을 허락할 것임을 확신했다.

다음 날 엄마에게 단주 모임에 나가겠다고 말하며 그 김에 원룸텔에 놓고 온 짐도 찾아오겠다고 했다. 엄마는 티 나게 불안한 얼굴로 같이 가자며 따라나섰다. 도무지 엄마에게 그 방 안 꼴을 보여줄 수 없었기에 침착을 가장하며 말했다.

"엄마, 제발. 나 혼자 갔다 올게. 나 딱 한 번만 믿어줘. 만약 또 술을 마시면, 그때는 그냥 병원에 처넣어."

엄마는 한참을 안 된다고 버티더니, 결국 항복하는 표정으로 고개를 끄덕였다.

오랜만에 누구의 감시도 없이 혼자 밖을 걸었다. 지하철 역까지 향하는 길이 마치 나를 위해 마련된 꽃길 같았다. 하지만 점점 사람들의 시선이 신경 쓰이기 시작했다. 모든 사람이 나를 쳐다보는 느낌. 아니, 나를 노려보는 느낌. 당신 알코올중독자죠? 우리는 당신이 얼마나 망가졌는지 알아요. 앞으로의 인생은 어떻게 할 건가요? 일면식도 없는 사람들이 다 나를 알고 있고, 나를 비난하는 것 같았다. 이게 망상이라는 건가. 환청이나 환시라는 것인가. 사람들의 시선이 나를 찌를 것만 같아 주머니에 손을 넣고 땅만 보고 걸었다.

겨우 지하철에 올라탔는데 심장이 두근거리고 온몸의 땀구멍이 다 열린 것 같았다. 싸늘한 날씨였음에도 속옷이 식은땀으로 푹 젖었다. 빈자리가 보였지만 앉을 생각도 못 하고 가장 첫 칸에 선 채 벽만 쳐다보면서 목적지에 도착하기만을 기다렸다.

며칠 만에 당도한 학교 앞 동네는 여전했다. 삼삼오오 모여 걷는 대학생들이 풍기는 활기에 절로 기가 죽었다. 원룸텔로 향하는 사이 그동안 술을 사러 들렀던 가게들이 하나둘 나타났다. 범행 현장을 다시 방문한 범죄자처럼 가슴이 뛰면서도, 그 안에 있을 온갖 술이 떠올라 저절로 입안에 침이 고였다. 일부러 시선을 피하며 원룸텔 쪽으로 걸음을 옮겼다. 내 방은 어떻게 돼 있으려나. 이미 짐이 빠지고 새로운 사람이 들어왔을까. 그럼 내 짐은 어디로 갔을까. 머뭇머뭇 원룸텔 건물로 들어가 관리실을 지나치는데, 내 모습을 확인한 관리실장이 차가운 눈초리로 째려봤다. 득달같이 관리실 문을 열고 나오려는 관리실장을 피해 재빨리 방으로 뛰어 들어갔다.

　방문을 열자마자 코를 찌르는 불쾌한 냄새에 숨이 멎었다. 눈앞에는 이제껏 살면서 본 최고의, 아니 최악의 풍경이 펼쳐져 있었다. 방바닥 전체는 소주병과 맥주병, 깨진 유리 조각이 널브러져 있었고, 사이사이에는 말라비틀어진 토사물과 배설물이 아무렇지 않게 흩어져 있었다. 책상 밑에는 먹다 남은 음식들과 포장 그릇, 컵라면 용기가 푸른곰팡이로 뒤덮인 채 방치되어 있었고, 침대 앞에는 온갖 쓰레기가 산을 이루었다. 그리고 침대는 토한 자국과 핏자국, 말라버린 소변 자국으로 원래 색깔을 알아보기 힘들 정도였다.

맨정신으로 이 광경을 마주한 건 처음이라는 자각에 머리털이 쭈뼛거렸다. 그러면서도 혹시 아직 따지 않은 술병이 있는지, 술병에 남은 술은 없는지 살피게 됐다. 엎드린 자세로 온갖 쓰레기가 엉겨 붙은 침대 밑을 훑어보니 아직 따지 않은 소주 한 병이 보였다. 언제인가 만일의 사태에 대비해 숨겨놓은 것이겠지. 몸을 쭈그린 채 손을 쭉 뻗어 소주병을 집었다. 미지근한 소주병을 손에 쥔 것만으로도 몸 전체에 기쁜 전율이 내달렸다. 신속하게 뚜껑을 열어 입구에 코를 대고 냄새를 맡았다. 생각보다 냄새가 나지 않아 맛을 봐야지만 술인 걸 알 것 같았다. 그냥 오늘 하루만 마실까. 내일부터 끊으면 되잖아. 망설이다 한 모금을 입안에 머금었다. 삼키기 전까지는 마신 게 아니지. 마치 가글하듯 입안의 소주를 이리저리 우물거리며 삼키는 일만큼은 최대한 미뤘다. 그 순간 억지로 방문을 여는 소리가 들렸다.

마스터키로 문을 따고 들어온 관리실장은 엉망진창인 방 안과 내 몰골을 보고는 흡, 하고 숨을 죽이며 손으로 코부터 가렸다. 이어서 경멸 어린 시선으로 나를 노려보다가 깊은 한숨을 내쉬더니, 이를 악물며 말했다.

"딱 하루 드릴게요. 방 원상복구 하시고, 짐 싸서 나가세요. 보증금 100만 원에서 86만 원은 두 달 치 방값으로 뺐습니다. 퇴실 전에 나머지 방값 계산하세요."

그는 너그럽게도 50리터짜리 쓰레기종량제봉투를 던져주고는 문을 쾅 닫았다.

당황스러움에 절로 눈이 감겼다. 취했을 때는 느끼지 못했던 수치심에 얼굴이 화끈거렸다. 머금고 있던 소주를 방바닥에 홱 뱉자 볼 안이 조금 얼얼했다. 결심하듯 방 안을 휘둘러보았다. 나는 이 꼴을 보고도 술을 다시 입에 댔구나. 진짜 제정신이 아니구나. 병원에서 그 시간을 보내고도, 엄마 아빠가 24시간 보초를 서는 집에서 모멸감을 느끼면서도 또 술을 마시려 하는구나. 나 자신이 너무 혐오스러웠다. 쓰러지듯 더러운 침대 위에 털썩 주저앉아 눈을 감았다. 갑자기 예전에 아빠의 입원실에서 읽었던 성경 구절이 떠올랐다. '주님! 주님께서는 하고자 하시면 저를 깨끗하게 하실 수 있습니다.' 나도 모르게 두 손을 모았다. 예수님, 이런 저도 깨끗하게 하실 수 있나요. 저 깨끗해지고 싶어요. 고개를 조아리며 한참을 비는데, 두 눈에서 눈물이 뚝뚝 떨어졌다.

"단주 모임, 어떻게 하면 돼요?"

한창 장사하는 시간에 들이닥친 나를 보고 술집 사장은 조금 뒷걸음질 쳤다. 그는 주문이 밀렸다며 잠시 구석에 앉아 있으라고 했다. 얼마 뒤, 어느 정도 가게가 한산해졌을 때 다가와 맞은편에 앉더니 말을 걸었다.

"밥은 먹었어요?"

그 말에 대꾸하지 않고 할 말을 꺼냈다.

"거기 가면 진짜 술 끊을 수 있어요?"

사장은 어이없다는 듯이 웃었다.

"전형적인 알코올중독자네. 남의 말 안 듣고, 자기 할 말만 하고."

모욕적인 언사에 나도 모르게 눈을 치켜떴더니 그는 놀리듯 말했다.

"회복하려면 아직 멀었네. 알코올중독자라는 말에 버튼 눌리는 거 보니까."

뭐래 이 새끼가. 욕을 뱉으려다 꾹 삼켰다. 이 사람하고는 싸워봤자 나만 손해다. 내 사정을 이야기할 만한 상대는 이 사람밖에 없다. 반응 없이 머뭇거리자 그는 자기 가슴을 툭툭 치며 말했다.

"여기 증거 있어요. 단주 모임 나가서 단주한 사람."

눈을 동그랗게 뜨고 그를 쳐다보았다.

"술장사하면서 술을 안 마신다니 못 믿겠죠? 근데 저, 술은 파는데 마시진 않아요. 코미디죠? 이 가게도 자리가 안 빠져서 보증금 때문에 이러고 있는 거지, 곧 접을 거예요."

도무지 믿을 수가 없어 질문을 던졌다.

"술 끊은 지 얼마나 됐는데요?"

"올해로 6년."

놀라서 입을 벌리고 있는 나에게 그는 휴대폰을 내밀었다. 화면엔 전국에서 열리는 단주 모임 일정표가 좌르륵 펼쳐졌다. 나는 신세계를 영접한 듯 뚫어지게 쳐다보았다. 전국 팔도에서 모임이 열리고 있었고, 심지어 이 근처에서도 열리는 모임이 있었다. 그는 한참 화면을 손가락으로 내리다 멈추더니 내게 보여주었다.

"술은 혼자서는 못 끊어요, 모임 가야 돼요. 여기 있네, 30분 뒤에 하는 거. 여기서 지하철로 몇 정거장만 가면 돼요. 일단 이거 사진 찍으세요."

어영부영 휴대폰 화면을 사진으로 찍자 그는 일어나 주방으로 향했다. 다급하게 등 뒤로 말을 걸었다.

"잠깐만요. 지금 가라고요?"

"네, 지금요. 위키 보면 일 많아요."

그를 따라가며 물었다.

"아니 잠시만. 가서 뭐 하는 건데요. 그냥 막 가도 돼요? 아무것도 모르는데?"

어느새 주방에 들어간 그는 빼꼼 나를 쳐다보며 말했다.

"그냥 막 가봐요. 그럼 알아요."

주방 안쪽에 보이는 뒷모습에 대고, 머뭇거리다 외쳤다.

"저 이따가 다시 올게요. 네?"

사장은 나를 휙 보더니 말없이 손을 들었다. 나는 출입문 앞에 어정쩡하게 서 있다 하릴없이 가게를 빠져나왔다.

지하철에서 휴대폰을 열고 아까 찍은 사진을 들여다보았다. 오른쪽 끝에는 각 모임 봉사자의 휴대폰 번호가 적혀 있었다. 예의상 문자라도 보내볼까?

안녕하세요. 처음으로 단주 모임에 가는 길입니다.
모임 참석 시 따로 준비해야 할 게 있을까요?

두 정거장쯤 지나니 답장이 왔다.

단주하고 싶은 마음만 갖고 오시면 됩니다.

지하철로 다섯 정거장을 지나쳐 도착한 곳은 구립 보건지소였다. 이 건물 3층에서 단주 모임이 열린다고 했다. 건물 입구에 도착하니, 안내 데스크 앞에 앉아 있던 경비 아저씨가 말을 건넸다.

"어디 찾아오셨어요?"

질문은 예상치 못했기에 머뭇거렸다. 그도 그럴 것이 단주 모임이라는 말을 입 밖으로 낼 수 없었다. 최대한 입을 작게 오므려 대답했다.

"······단주······ 모임이라고······."

그러자 아저씨는 생전 처음 듣는 말이라는 듯 되물었다.

"반주 모임이요?"

아이 씨. 반주는 무슨 반주요. 반주 안 하려고 온 거라고요. 나는 짧게 한숨을 쉬고 또박또박 말했다.

"단주 모임이요. 알코올중독 치료 자조 모임이요."

아저씨는 고개를 갸우뚱하다가 알코올과 관련된 사항이라면 5층으로 가보라고 했다. 일정표에는 3층이라고 쓰여 있는데 5층으로 가라고? 일단 엘리베이터를 타고 5층으로 올라가니 엘리베이터를 가운데 두고 양옆으로 문이 굳게 닫힌 사무실만 있을 뿐, 모임 장소 따위는 보이지 않았다. 두리번 거리다 개중에 만만해 보이는 사무실 앞으로 가 노크했더니 안에서 한 여성이 어리둥절한 표정으로 나왔다.

"네?"

"실례합니다. 단주 모임 하는 데가 어디죠?"

"무슨 모임이요?"

그런 모임은 듣도 보도 못했다는 표정이었다. 여기 왜 이 래······. 잘못 찾아왔나. 나 오늘 분명 술 안 마셨는데. 없는 상냥함을 끌어모아 또박또박 다시 말했다.

"알코올중독 치료 자조 모임이요."

들어온 지 3분도 안 됐는데 알코올중독이라는 말을 몇 번이나 하게 만드냐. 하지만 그는 잘 모르겠다며 1층으로 내 려가 문의하라고 했다. 아, 무슨 또 1층을 가래. 묻기를 포기 하고 일정표에 쓰인 대로 3층으로 내려갔다.

엘리베이터에서 내려 주변을 둘러보니 왼편으로 좁은 복도가 나 있었다. 복도를 따라 작은 회의실이 몇 개 붙어 있었고 중간쯤 초록색 팻말이 걸린 게 보였다.

단주 모임

쭈뼛대며 문을 여니 회의실로 보이는 장소에 ㄷ자 형태로 테이블이 배치되어 있었다. 그중 상석으로 보이는 자리에 한 남자가 앉았고, 그의 오른쪽으로 조금 떨어진 곳에 나와 비슷한 나이로 보이는 남자 한 명이 앉아 있었다. 둘은 나를 보고 인사했다.

"어서 오세요."

기어가는 목소리로 대꾸했다.

"안녕하세요."

테이블 위에는 안내문으로 보이는 종이와 책자가 자리마다 놓여 있었다. 나는 아니다 싶으면 얼른 빠져나갈 수 있게 그들과 멀찍감치 떨어진, 출입문에서 가장 가까운 자리에 앉았다. 잠시 후 중년 아저씨 한 명이 헐레벌떡 들어왔다. 다들 아는 사이였는지 반갑게 인사를 나눴다. 아저씨는 들고 온 검은 봉지를 부스럭거리더니 그 안에서 떡을 몇 팩 꺼냈다. 진행자로 보이는 남자가 "뭘 사 오신 거예요?" 하며 어색하게 웃자 남자는 "아니, 나눠 먹자고" 하면서 나를 포함한 모두에게 떡을 돌렸다.

사람들은 차도 마시고 떡도 먹으며 편안해 보였지만 나는 도무지 자연스럽게 있을 수가 없었다. 어색하고 뭐가 뭔지 잘 모르겠고 잠시 후 어떤 일이 벌어질지 긴장되고 여기서 내가 뭘 해야 할지 난감하고.

그때 깨달았다. 나는 그동안 이 느낌을 견디기 힘들어 술을 마셔왔다는 것을. 어디서도 섞이지 못하고 겉도는 기분. 하지만 무난한 척, 아무렇지 않은 척해야 이상하게 보이지 않는다는 걸 느낄 때 드는 중압감. 억지로라도 나 아닌 누군가가 되어야 할 것 같을 때 술은 즉각적으로 도움을 주었다. 암울하고, 시니컬하고, 가만히 있으면 사람들에게 좀처럼 호감을 얻지 못하는 사람에게 술은 해결사 역할을 해주었다. 적당히 풀어지고, 헛소리도 할 줄 알고, 어색하지 않게 타인들 사이로 들어갈 수 있는 열쇠가 되어주었다.

무엇보다 취기가 올라올 때 긴장이 풀어지면서 몸이 붕 뜨는 것 같은 느낌이 좋았다. 취하면서 알게 된 사실은 내가 평소 온몸에 힘을 잔뜩 주며 살고 있다는 거였다. 술을 마시면 텅 빈 도화지 같던 얼굴도 다채로워졌다. 잘 웃고 잘 울고, 놀라거나 실망하는 표정도 자유자재로 지어졌다. 조개처럼 닫혀 있던 입에서 농담도 멋대로 흘러나왔다.

이제껏 받아본 적 없는 관심을 술자리에서는 받을 수 있었다. 누구와도 잘 어울리는, 사교성 좋은 사람이 된 것 같았다. 술을 마시는 한, 영원히 사랑받을 수 있을 것 같았다. 그래서 사람들이 모인 자리에서는 일단 술을 마셨다. 취기가 모든 걸 해결할 거야. 계속 술을 마시면, 이 자리는 영원히 끝나지 않을 수 있어. 그렇게 스스로 주문을 걸었다.

다음 날 잠에서 깨면 어제 무슨 일이 있었는지 하나도 기억나지 않았다. 같이 마셨던 사람들에게 쭈뼛대며 연락하면, 술 좀 적당히 마시라는 잔소리가 날아들었다. 그러면서도 친구들은 술 마실 일이 있을 때마다 나를 불렀다. 자기들이 애쓰지 않아도 분위기가 띄워지니까. 하지만 내가 있는 술자리는 늘 끝이 좋지 않았다.

비슷한 일이 반복되다 보니 술자리는 피하자는 결론이 났다. 그러나 술을 피해야겠다는 생각만큼은 하지 못할 정도로 이미 술에 깊게 빠져 있었다. 당시에는 술이 문제가 아니라 사람들과 만나면 지나치게 긴장하는 내 성향이 문제라고 생각했다. 친구들도 드디어 정신을 차렸다고 생각했는지, 더 이상 술자리에 나를 부르지 않았다.

겉으로는 술을 멀리하는 것처럼 보였겠지만, 혼자 마시

기 시작하면서 술과 급속도로 가까워졌다. 혼자 마시면 필름이 끊기든 구토하든 주정을 부리든 뭐라고 하는 사람이 없었다. 나를 판단하거나 비난할 사람도 없었다. 폐쇄적인 성격에 혼술은 딱이었다. 그러다 점점 혼자, 매일 마시게 됐다.

하지만 평범하게 보이고 싶어 마시기 시작한 술은 나를 오히려 평범조차 되지 못하게 만들었다. 그걸 깨달았을 때는 이미 술과 떨어질 수 없는 사이가 된 지 오래였다.

단주 모임에서는 먼저 모임의 목적과 규칙이 적힌 문서와 알코올중독 관련 도서를 돌아가면서 읽고, 각자가 여기 온 목적을 생각해보는 시간을 가졌다. 1시간의 모임 시간 중, 가장 긴 시간이 할애되는 것은 각자의 경험담을 나누는 순서였다. 사회자가 말했다.

"지금부터, 술 또는 알코올중독에 대한 각자의 이야기를 자유롭게 나누겠습니다. 성적 수치심을 자극하거나 모욕적인 발언은 삼가주십시오. 최대한 다양한 분들의 이야기를 듣기 위해 한 분당 5분으로 발언 시간을 제한하겠습니다."

그 말에 누가 여기서 자기 얘기를 꺼낼까 싶었는데, 나와 비슷한 연배의 남자가 기다렸다는 듯이 입을 열었다.

"안녕하세요, 알코올중독자 나무입니다."

"안녕하세요."

"저는 술을 끊은 지 석 달이 됐는데요. 어제 갑자기 분노가 치밀어 오르면서 술 생각이 간절해지더라고요. 그래서 에이 씨, 먹자 그냥, 하면서 사러 나갔어요. 편의점 앞을 몇 번씩 왔다 갔다 하다가 일단 후원자 선생님한테 전화를 했어요. 그랬더니 참으라고, 오늘 하루만 참으면 된다고, '할 수 있죠?' 하시더라고요. 그 말 듣고 집으로 돌아왔습니다.

저희 부모님은 이혼해서 각자 따로 살고 계세요. 저는 아버지랑 살고 있고요. 이혼은 2년 전에 엄마가 하자고 해서 아버지는 난데없이 황혼이혼을 하시게 됐어요. 평소에 아버지 성격이 강압적이고 고집이 세신데, 남자로선 집에 못 한 게 별로 없거든요. 경제력도 있으시고요. 근데 엄마는 이제껏 가만히 계시다가 갑자기 갈라서자면서 집을 나가신 거예요. 처음에는 엄마를 이해해보려고 했어요. 그런데 날이 갈수록 엄마에 대한 분노가 커져서, 엄마랑 비슷한 나이대의 여자들만 보면 불쑥 화부터 올라와요.

회사에 여자 부장님이 계신데요. 평소 저한테 잘해주시는 분이에요. 그런데 어제 제가 기한 내에 꼭 올려야 하는 보고서를 빼먹었어요. 그랬더니 표정을 싹 바꾸더니 막 뭐라고 하시더라고요. 지금 생각하면 상사로서 충고하실 수도 있다고 생각하는데, 그때는 화가 머리끝까지 솟구치면서 분노 조절이 안 되는 거예요. 그 부장을 패 죽이고 싶다, 진짜 형체도 못 알아볼 만큼 발로 밟아서 뭉개버리고 싶다는 생각만 들더라고요. 막 가슴이 뛰면서 내가 살려면 그 방법밖에 없다, 그 여자를 죽이러 가야겠다 싶은 거예요. 그런데 맨정신으로는 못 하겠으니까 술이라도 마셔야겠더라고요. 그때 마음속에서 그 여자에 대한 분노랑 앞으로 벌어질 일에 대한 두려움이 막 싸우더라고요.

예전 같으면 술을 마셨겠죠. 그런데 술 안 마신 지 석 달이나 됐는데, 여기서 무너지면 안 되잖아요. 그래서 집에 들어가서 후원자 선생님께 다시 연락드렸어요. 술 안 마셨다고. 그랬더니 너무 잘했다고 하시더라고요. 지금도 그 여자 부장 생각만 하면 화가 올라오는데요, 잘 다스려봐야죠. 오늘은 여기까지 할게요. 감사합니다."

잠자코 경청하는 척했지만 속으로는 당혹감이 끓어올랐다. 자기 엄마뻘인 여자 상사를 패 죽이고 싶다니 제정신인가. 이 새끼 사이코패스 아니야? 절로 미간이 찌푸려지면서 그와 나를 가르게 됐다. 저 인간은 알코올중독자로 인생을 조지고 있지만, 내가 저 정도는 아니잖아. 이런 쓰레기들하고 나는 달라. 나는 얼마 전까지 괜찮은 직업도 있었고, 열심히 정상적으로 살고 있었단 말이야.

그의 이야기가 끝나자 떡 아저씨가 이야기를 시작했다.

"안녕하세요, 알코올중독자 고독입니다."

"안녕하세요."

"오늘 아침에 집사람이랑 좀 다퉜습니다. 집에 급하게 돈이 필요한 일이 생겼는데, 제가 요즘 일을 못 하고 있으니까 마땅히 돈을 구할 방법이 없잖아요. 그래서 사정 이야기를 하다가 언성이 높아졌어요.

1년 전에 제가 알코올 병동에서 퇴원할 때까지만 해도 우리 집사람 소원이 제가 술 안 마시는 거였어요. 술만 안 마시면 뭐든 괜찮다, 일 못 해도 된다, 자기가 벌면 된다 그랬단 말입니다. 그런데 단주 기간이 길어지니까 제가 술 마시지 않기 위해 모임 다니고 노력하는 걸 당연하게 여기는 것 같아요. 저는 나름대로 열심히 살려고 애쓰고 있는데요.

거기다 경제적으로 허덕이는 모습까지 보니까 가장으로서 자괴감이 들더라고요. 몇 년째 가장 노릇을 못 하고 있다,

집에 피해만 준다, 이런 생각이 들면 막 미치겠는 거예요. 자존심이 무너지고요. 그래서 더 큰소리를 내게 되고. 집사람은 저 때문에 고생해온 세월이 있으니까 그럴 때마다 말이 곱게 안 나오고요.

그럴 때 미안하다, 얼른 회복해서 돈 벌겠다고 말하면 되는데 그 말이 왜 그렇게 안 나오는지. 저는 멀쩡해지려면 아직 먼 거 같아요. 그래서 속이 상해 그냥 집을 나와버렸어요. 그러고 나니까 너무 갑갑한 거라. 내 마음을 알아주는 사람이 없구나, 가족도 마찬가지구나 싶으면서."

그는 자칫하면 이러다 술을 마시게 될 것 같아서, 종일 단주 모임을 돌아다녔다고 했다. 이 모임만 오늘 세 번째라는, 이리저리 옮겨 다니다 밥때를 놓쳐 버스 정류장 앞 매대에서 떡을 사 왔다는 그의 말에 목에 뭐가 걸린 것처럼 울컥했다. 하지만 여기서 울면 지는 것 같아 볼 안쪽을 꽉 깨물었다.

정신을 차리고 나자, 그로 인해 삶이 망가진 한 여자가 보였다. 당신은 그렇다 치고 부인 되는 사람 인생은 어떡할 건데? 여기 있는 사람들은 왜 죄다 변명만 해? 왜 이렇게 이기적이야? 점점 짜증이 북받쳤다. 내 이럴 줄 알았다. 단주 모임은 개뿔. 여기서 얻을 게 뭐가 있다고. 존나 루저들.

여기 앉아 있는 걸로 술을 끊을 수 있을까 하며 조금이라도 기대한 내가 잘못이었다. 석 달간 입원하고도 갈망에 무릎 꿇은 나인데? 이 사람들, 술이라도 제대로 마셔본 적 있나 싶네. 다 거짓말만 하는 것 같고. 괜히 왔다는 생각에 엉덩이가 들썩였다.

언제쯤 빠져나가면 될지 틈을 보고 있는 사이, 떡 아저씨의 이야기가 끝나 있었다. 작은 회의실 안에 정적이 흐르자 사회자는 나를 보는 듯 마는 듯하며 말했다.

"오늘 처음 오신 초록 선생님도 이야기를 나눠주실 수 있을까요?"

저요? 저는 딱히 할 말이 없는데요? 하지만 그런 말로 오히려 주목받는 것도 내키지 않아 잠시 숨을 골랐다. 일단 오늘 배운 대로 소개부터 시작했다.

"안녕하세요……. 알코올……중독자…… 초록입니다."

모두가 화답했다.

"안녕하세요."

나는 쭈뼛쭈뼛 말을 이어나갔다.

"일단 알코올중독자라고 인사하는 게 룰인 것 같아 말은 했는데, 사실 잘 모르겠네요. 저는 제가 알코올중독까진

지는 잘 모르겠거든요. 술을 끊고 싶지는 않고, 적당히 마시고 싶거든요. 여러분하고는 좀 취지가 다른 것 같기도 하고요…… 동네 술집 사장님이 이런 모임이 있다고 알려주셔서 일단 오긴 왔는데. 후, 좀 혼란스럽네요…… 음…… 분위기가 어색해졌네요. 이상입니다."

내가 한마디를 꺼낼 때마다 작은 회의실에 날카로운 적막이 지나갔지만, 이야기를 다 마치고 나자 일동은 아무렇지 않은 듯 화답했다.

"감사합니다."

모임을 끝내고 멤버들은 '애프터'를 하러 가자고 했다. 카페에 모여, 모임에서 충분히 하지 못한 이야기를 나누며 교제하는 시간이라고 했다. 모르는 남자들과 얼굴을 맞대고 차를 마시며 대화를 나눈다고? 맨정신으로 그런 일 따위 해본 적 없었다. 오늘은 집에 가봐야 한다고 둘러대니 알코올중독자 나무가 다가왔다.

"집에 가시게요? 차 한잔하고 가세요!"

아까까지만 해도 누굴 패 죽이고 싶다느니, 뭉개고 싶다느니 지랄을 떨던 사람이 눈을 맞추며 말을 거는데 목덜미가 오싹했다. 당신 같은 알코올중독자랑 무슨 차를 마셔. 하지만 포커페이스를 유지하며 오늘은 그냥 가겠다고 하자 그는 산뜻하게 반응했다.

"알겠습니다! 아무래도 처음엔 어색하죠. 근데 계속 나오시다 보면 익숙해져요. 다음엔 꼭 같이 해요!"

의외로 깔끔한 성격이었다.

평소 패턴이라면 나는 이 남자하고도 자게 되겠지. 후. 절대 안 될 일이다. 알코올중독자들끼리 섹스라니, 상상만으로도 소름이 돋았다. 술에 취한 채 몸을 섞고 다음 날이면 둘 다 기억도 못 할 것이다. 오히려 그게 더 바람직한 전개일까. 아직도 이런 생각이나 하고 있다니, 자기혐오가 밀려왔다. 하지만 맨정신으로 있는 한 그런 일은 벌어지지 않을 것이다. 어쩐지 단주의 의지가 아주 조금 싹텄다.

머리가 복잡해서 지하철을 타는 대신 잠시 걷기로 했다. 어느새 봄이 찾아든 거리에는 얇고 가벼운 옷을 걸친 사람들이 들뜬 모습으로 걷고 있었다. 새 학년이 되었는지 몸보다 큰 교복을 입고 무리 지어 걷는 학생들도 보였다. 새로운 계절에 나는 무엇을 시작할 수 있을까. 단주 모임이 의미 있는 시작이 될까. 현재로서는 영 아닐 것 같은데. 이제 와서 내가 시작할 수 있는 게 있기는 할까.

겨드랑이 사이가 땀으로 조금 젖을 만큼 걷다가 중간에 지하철을 타고 학교 앞에 내렸다. 혼자서는 원룸텔에 도저히 들어갈 엄두가 나지 않았다. 그렇다고 술집으로 다시 들어갈 자신도 없었다. 쓰레기 지옥인 방을 혼자 감당하기에는 무리가 있었지만 잘 알지도 못하는 남자한테 도와달라고 말할 용기는 나지 않았다. 예전 같으면 부탁하는 대신 한번 자주면 될 텐데, 이제는 어떡하지. 자길 언제 봤다고 그런 부탁을 하냐며 정색하는 거 아냐? 그럴 거면 돈 내놓으라고 하는 거 아냐? 술집으로 올라가는 계단 앞에 서자 별의별 생각이 다 들었다. 그런데 아무리 떠올려봐도 딱히 부탁할 사람이 없었다. 그렇게 더러운 방은 어떻게 치워야 하는지 물어볼 사람도 없었다. 결심하듯 한숨을 깊이 내쉰 뒤 터덜터덜 계단을 올라갔다.

사장은 가게에 들어선 날 보고는 잠깐 저쪽에 앉아 있으라는 듯 턱만 들어 보였다. 가게가 조금 한산해졌을 때, 내 자리로 온 사장이 말을 걸었다.

"모임 잘 갔다 왔어요?"

모임이라는 말만 들어도 열이 뻗칠 것 같았지만 말없이 고개를 끄덕였다. 어쩐지 쭈뼛거리는 나를 보고 사장은 근데 왜 왔냐고 물었다.

나는 벽을 쳐다보면서 조그맣게 중얼거렸다.

"일 끝나고 시간 돼요?"

사장은 오늘따라 이상하게 군다는 듯이 대답했다.

"데이트 신청하는 거예요, 지금?"

아니야 씨발아. 대답 대신 입술을 꾹 깨물었다. 눈을 힘껏 감았다 뜨고 대꾸했다.

"아니고요……. 도와줬으면 하는 게 좀 있어서."

그러자 사장은 몸을 조금 무르며 반응했다.

"나 돈 없어. 돈은 못 빌려줘요."

하, 미친놈. 나는 그를 비스듬히 쳐다보며 용기를 쥐어짜 말했다.

"오늘 방을 빼야 되는데……. 혼자 치우긴 그래서……. 시간 되면 좀 거들어줘요."

"쫓겨났구나?"

사장은 장난스러운 표정으로 대꾸했다.

아, 알면 그만 좀 물어봐, 씨발놈아. 반응 대신 고개를 숙이자 사장은 아무렇지 않게 말했다.

"그래요, 그럼."

방문을 열자마자 펼쳐진 광경에 사장은 아연한 것 같았지만 금세 아무렇지 않은 척 빈 병을 줍기 시작했다. 방바닥에 엉겨 붙은 토사물과 배설물은 분무기 락스와 물티슈를 몇 통이나 써가며 닦아냈다. 몇 달 동안 씻지 않은 몸을 모르는 사람한테 보여주는 것 같았지만 이 사람이라면 긴 이야기를 하지 않아도 내 상황을 이해하겠지. 어쩌면 그 역시 비슷한 과정을 거쳐왔는지도 모른다.

2시간쯤 지났을까. 방은 내가 처음 들어왔을 때와 얼추 비슷한 모양을 갖추었다. 하지만 침대 매트리스와 베개, 이불만큼은 새 것으로 배상하고 나가야 할 것 같았다. 말 한마디 없이 정리에 몰두했더니 둘 다 이마에 땀이 송골송골 맺혀 있었다. 사장은 말끔해진 방바닥에 털썩 주저앉아 한마디 했다.

"시원한 생맥주 딱 한 잔만 하고 싶죠?"

그 말을 듣자마자 입안에 침이 고였다. 파블로프의 개처럼 즉각적으로 반응하는 내 몸이 혐오스러웠다.

"시끄러워요."

그러다 이내 도와준 사람이라는 자각에 머쓱해졌다.

"고마워요."

남자는 의외라는 얼굴로 말했다.

"고맙다는 말 처음 듣네."

평소라면 이 타이밍에 어떤 행동을 할지 내 몸은 나를 기억한다. 어색함과 고마움, 민망함을 감추기 위해 그에게 가까이 다가가 또 한번의 의미 없는 섹스를 시도했을 것이다. 하지만 적어도 이 사람한테 그래서는 안 된다. 만약 그랬다가는 또 한번 비참해지겠지. 동아줄 같은 도움과 호의를 내팽개쳤다는 절망감에 다시 술을 찾게 될지도 모른다. 나는 정신을 차리려고 고개를 좌우로 여러 번 흔들었다.

그는 빈 병과 쓰레기로 가득 찬 50리터 종량제봉투를 조심조심 손에 쥐고 방을 빠져나가려 했다. 어떤 말을 덧붙여야 할지 머뭇거리자 그가 말했다.

"내일부터 단주 모임 하루도 안 빠지고 100일 연속으로 나가면 가게 오세요. 내가 그날, 밥 제대로 얻어먹을 테니까."

그 말과 함께 그는 문을 닫고 사라졌다.

단주 모임 2일 차

사회자가 말했다.

"그럼 지금부터 자유롭게 경험담을 나누겠습니다."

"안녕하세요, 알코올중독자 초록입니다."

"안녕하세요."

"어제 살던 집에서 방을 뺐어요. 자의가 아니라 타의로요. 집을 청소할 때 모임 멤버분에게 도움을 받았습니다. 방을 난장판으로 만들어서 쫓겨났거든요. 혼자 치울 엄두가 안 나는데 도움받을 사람은 없고……. 결국 맨 처음 이 모임 권해주신 선생님한테 용기 내서 말씀드렸어요. 당연히 거절하실 줄 알았죠……. 그런데 흔쾌히 와서 다 치워주시더라고요.

말끔해진 방을 보는데, 나라면 남한테 이렇게 해줄 수 있을까 싶더라고요. 저도 언젠가 회복이 되면, 누군가를 꼭 도와줘야겠다고 마음먹었습니다.

생각해보니까 누굴 도와주고 싶다는 생각 자체를 태어나서 처음 해본 것 같아요. 이 나이 먹도록 말이죠. 나는 도움이 필요한 사람인 줄로만 알았는데, 도와줄 수도 있는 사람이었더라고요. 그런데 오직 나만 생각하고, 술만 퍼마시면서 살았죠. 어제 그 일이 있고 나서 반성이 좀 되더라고요. 이제라도 정신 차리자. 얼른 회복해서 남들 도와주는 사람이 되자. 그런 마음이 들어 이야기 나눠봅니다. 감사합니다."

"감사합니다."

단주 모임 한 달 차

사회자가 나를 봤다.

"초록 선생님, 경험담 나눠주실래요?"

나는 머뭇거리며 대답했다.

"안녕하세요, 알코올중독자 초록입니다."

"안녕하세요."

"제가 오늘로 단주 모임 100일 작전 한 달째가 되었는데
요. 한 달쯤 단주에 성공하면 되게 뿌듯하고 자신감이 생길
줄 알았는데 생각보다 덤덤하네요. 기분도 좀 다운되는 것
같고⋯⋯. 이 짓거리를 언제까지 해야 하나 아득하기도 하고
요. 10년 20년 단주 생활 하신 선생님들, 진짜 대단하신 것
같아요.

그래도 집구석에 처박혀 있는 것보다 모임에 나와서 선생님들 경험담 들으면 힘이 좀 날까 해서 나왔습니다. 역시 나오길 잘했다 싶어요……. 내일부터 다시 정신 차리고 모임 다녀볼게요. 감사합니다."

"감사합니다."

단주 모임 69일 차

"안녕하세요, 알코올중독자 초록입니다. 제가 오늘 말이 좀 거칠더라도 양해 부탁드립니다. 어제 갔던 모임의 잔상이 잊히지 않아서 지금까지 너무 힘들거든요. 어제 갔던 모임은 멤버가 저 말고 다 남자였어요. 대부분의 모임이 그렇긴 하지만, 어제는 공간이 좁아서 그런지 유난히 남자들 사이에 둘러싸인 느낌이 들더라고요.

그런데 멤버 중 한 명이 경험담을 말하는데……. 씨, 갑자기 돈 주고 여자 산 이야기를 하는 거예요. 자기가 너무 힘들어서 이태원에 가서 여자를 구했다. 차에서 사카시를 받고……. 참 나, 사카시가 뭔지도 모르겠어, 진짜. 자기도 해주고 그랬다. 그리고 나니까 마음속에 있던 체증이 확 내려

가면서 좀 살 것 같더라……. 뭐 이런 이야기를 하는 거예요. 그런 이야기를 여자라고는 달랑 저 하나 있는 모임에서 지껄이는 거예요. 미친놈이. 아……. 죄송합니다.

그 이야기를 듣고 있는데 심장이 너무 뛰었어요. 이제껏 모임 관두지 않으려고 어떻게든 버텨왔는데, 이런 이야기 들으려고 앉아 있나 싶고. 도저히 참을 수가 없어서 얼굴이 막 벌게지더라고요. 그런데 웃긴 게 그 인간 말을 아무도 안 막아. 다 가만히 듣고만 있어요. 이 인간들이 미쳤나. 다들 남자라서 그런 게 이상한 줄도 모르나 싶으면서 오만 정이 다 떨어지더라고요. 어찌저찌 모임 마치고 집에 가는데, 새벽까지 잠이 안 왔어요. 그 미친 새끼를 앞으로 어떻게 보지? 제가 이제껏 그 모임에 빠진 적이 없는데, 다신 못 나갈 것 같더라고요. 너무 더러운 거예요.

무례한 발언들 죄송합니다……. 하지만 남자 선생님들이 좀 들으셨으면 해서 실례를 무릅쓰고 말씀드려요. 좋은 마음으로 모임 참석해서 그런 말 같지도 않은 경험담 들으면, 여자 멤버들은 너무 힘듭니다. 생각하니까 또 가슴이 떨리네요……. 여기까지 하겠습니다."

"감사합니다."

단주 모임 75일 차

"안녕하세요, 알코올중독자 초록입니다."

"안녕하세요."

"얼마 전에 모임에서 불미스러운 일이 있었어요. 멤버 중 한 분이 성적인 발언을 지나치게 해서 제가 엄청 충격을 받고 힘들었거든요. 속상한 마음에 다른 모임에서도 경험담을 나눈 적이 있고요.

그런데 오늘 모임에서 만난 여성 선생님이 저한테 다가 오시더니 말씀하시더라고요. 저번에 모임에서 있었던 얘기 들었다고. 많이 놀랐을 것 같다면서 상처받지 말라고 하시더라고요. 그놈이 미친놈이니까 모임은 절대 포기하지 말라고요. 알고 보니까 며칠 뒤에 다른 선생님들이 힘 합쳐서 그분

몰아냈다고 하더라고요. 그러면서 저 보고, 그 사람 이제 얼씬도 못 할 테니까 걱정하지 말고 모임 나와요, 라고 하시더라고요. 아무렇지 않게 감사합니다, 하고 말았는데 정말 고맙더라고요.

사람 때문에 모임이 힘든데, 결국 사람 때문에 다시 모임에 나가는구나, 싶고. 덕분에 마음이 많이 회복됐습니다. 감사합니다."

"감사합니다."

단주 모임 다섯 달 차

"안녕하세요, 저는 알코올중독자 초록입니다."

"안녕하세요."

"경험담 나누게 해주셔서 감사합니다. 저는 가족들과 떨어져서 혼자 살고 있는데요, 가족들 생일이 되면 본가에 가요. 오늘이 엄마 생신인데요, 이번에는 혼자 시간을 보내면서 가족들 만나면 자동적으로 터져 나오는 술에 대한 갈망을 들여다보고 싶었어요. 이제까지 부모님 생신에 가족과 떨어져 있어본 적이 없는데, 떨어져 보낸다면 어떨까. 그래도 술 생각이 올라올까. 그러면서도 정작 본가에 안 가겠다는 말이 안 나오더라고요. 그런 말을 해본 적도 없고요, 나쁜 딸 될까 봐.

근데 이번에는 미리 전화해서 말씀드렸어요. 당연히 부

모님은 서운해하셨죠. 그런데 부모님의 서운함은 부모님의 서운함. 제가 어떻게 할 수 있는 게 아니잖아요. 선생님들도 아시겠지만, 우리는 누굴 걱정하고 책임질 처지가 아니잖아요. 우리 한 몸 회복해서 일상으로 복귀하기에도 버겁죠. 그런데도 자꾸 남 생각하고, 좋은 사람 되려고 하고, 멀쩡한 사람인 척해요. 이미 술로 좋은 인간 못 된 지 오래인데도요. 내가 이러고 있을 사람이 아니다, 이건 진짜 내가 아니다, 라는 자만심 아니면 환상을 아직 못 내려놓은 거죠. 내가 보잘것없는 사람이라는 사실을 인정하기 싫은 거예요.

맨 처음 모임에 왔을 때가 생각납니다. 그때는 저도 술 문제로 모임을 찾아왔으면서, 거기 있는 선생님들과 저는 다르다고 생각했어요. 나는 이 정도는 아니다. 심지어 제가 알코올중독자인 것조차 인정하지 못했어요. 술 먹고 한 행동들이 전혀 기억 안 나니까 내가 뭘 잘못했는지도 모르는 거예요. 그러니 알코올중독인 것도 몰랐죠. 그래서 꽤 오랫동안 모임에서 상투적인 이야기만 했습니다. 쓸데없이 이미지 관리하고, 아무렇지 않은 척하고. 그런데 아무렇지 않은 사람이 왜 폐쇄병동에 입원하고, 단주 모임에 옵니까. 무엇보다 저는 제가 평범하지 않다는 사실을 받아들이기 어려웠어요.

오늘 모임 오기 전에 엄마한테 전화 드렸어요. 생신 잘 보내시라고. 그랬더니 이따 동생 부부랑 조카 온다면서 "너도 오면 좋은데……" 하시더라고요. 예전 같으면 마음이 무거워서 얼른 가겠다고 했을 거예요. 그런데 이번엔 그냥 혼자 있겠다고 말씀드렸어요. 그 말을 뱉고 나니 얼마나 마음이 편안해지던지. 남들한테는 아무 일도 아니겠지만 저한테는 참 자랑스러운 순간이었습니다.

그동안은 뭘 하든 수동적으로 끌려다니는 느낌이었어요. 그런데 저를 수동적으로 만든 건 저더라고요. 알코올에 의존했던 것처럼 많은 것들에 의존하면서 살아왔어요. 가족들이 저를 힘들게 한다고 생각하면서 가족들한테 의존해왔고요. 주변 환경이 저를 망치고 있다고 생각하면서 그 환경을 뭉개면서 산 건 저였어요. 가족과 상황이 저한테는 안주였어요. 그걸 핑계로 계속 술을 마신 거죠. 늘 술 뒤로 숨으면서 가족이나 모르는 사람들에게 지속적으로 상처와 피해를 주면서 살았어요.

저는 예전에 술을 마시고 싶은 만큼 마시면서 사는 게 자기 주도적으로 사는 거라고 믿었어요. 그런데 되돌아보면 제 인생이라고 말하면서도 남의 인생처럼 살았던 것 같아요. 제

인생의 주인공은 술이었지, 제가 아니었으니까요. 하지만 더 이상 수동적으로 살고 싶지 않아요. 앞으로도 저를 위해서 시간을 쓰고, 결정하면서, 또렷한 정신으로 살고 싶어요. 그래서 오늘도 이렇게 모임에 나왔습니다. 이야기 들어주셔서 감사합니다."

"감사합니다."

어느새 단주 모임에 나온 지 여섯 달이 됐다. 어쩌다 보니 그렇게 됐다. 솔직히 단주 모임에 나가는 것 말고는 달리 할 일이 없었다. 그래서 매일 각기 다른 모임을 찾아 방방곡곡을 돌아다녔다. 하루는 서울 어디로, 하루는 경기도 어디로. 이동하는 시간을 제외하고 조금의 틈도 없이 모임에서 한 자리를 지키고 있다 보면 해가 졌다. 마지막 모임의 애프터까지 마치고 집으로 돌아오면 밤 11시 반쯤 됐다. 그러면 피곤함에 절어 기절하듯 잠들었다. 새로운 날이 밝으면 밥을 챙겨 먹고, 그날 열리는 또 다른 단주 모임을 찾아 나섰다.

100일 연속으로 단주 모임에 참석하고 나서, 술집 사장을 만나러 갔다. 쭈뼛거리며 가게 문을 여는 나를 향해 그는 말했다.

"술 마시러 왔어요? 벌써 재발*한 거야?"

나는 잠깐 째려본 다음 담담하게 말했다.

"100일 작전 성공하면 오라면서요."

남자는 애써 대수롭지 않은 표정을 지었지만 분명 내가 참을 수 없이 대견한 눈치였다. 나는 그 얼굴을 보는 둥 마는 둥 하며 덧붙였다.

"뭐 먹고 싶은데요?"

그는 잠시 멋쩍은 표정을 짓다가 진지한 얼굴로 말했다.

"모임 1년 안 빠지고 나가는 데 성공하면 다시 와요. 그때 다시 얘기하자고."

그러고는 부엌으로 쏙 들어가버렸다. 그의 등 뒤로 한마디 던졌다.

"쳇. 내가 못 할 것 같죠? 두고 봐요."

그러고는 가게 문을 닫고 나왔다. 입가에 옅은 웃음을 매단 채.

단주 모임에 나가는 횟수가 늘어날수록 모임과 사람들에게 적응되었다. 처음에는 '다들 또라이 아니야?'라고 생각했

---

* 단주 모임에서는 다시 술을 마신 일을 '재발'이라 칭한다.

218

지만 그들이 나와 닮았다는 걸 인정할 수밖에 없었다. 나 역시 또라이였던 것이다. 그건 분명 반가운 패배감이었다. 멤버들은 각자 나이도 달랐고 단주 기간이나 재발 횟수도 달랐다. 길게 입원한 사람도 있었고, 병원에는 한 번도 가보지 않은 사람도 있었다. 각기 다른 배경과 상황임에도 오직 단주 하나를 목표로 모인 사람들이었다.

모임에 참석할 때마다 생각했다. 이제껏 나는 술을 즐길 뿐이라고, 열심히 일한 만큼 마실 권리가 있다고, 이것마저 없으면 무슨 낙으로 사느냐는 변명과 함께 언제든 마음만 먹으면 술을 끊을 수 있다고 믿었다는 것을. 하지만 오히려 나는 술을 끊으라고 말하는 사람들을 끊으면서, 병원에 가라고 말하는 가족들을 등지면서 알코올중독이라는 사실로부터 끊임없이 달아나고 있었다. 모임은 그런 나 자신을 마주하게 만들었다. 매번 모임에 참석할 때마다 내 입으로 말해야 했다. 나는 알코올중독자입니다, 라고. 처음에는 저항감만 일던 그 문장이 아무렇지 않게 내 입에서 흘러나오게 되었을 때, 어느새 모임은 물론 애프터 자리에도 앉아 있게 됐다.

술에 빠졌던 사람들은 다들 비슷했다. 그들은, 아니 우리는 뭘 해도 전심을 다해야 직성이 풀리는 사람들, 한번 꽂힌 것에는 미친 사람처럼 매달리고 그 잘난 자존심 하나 버리지 못해 사는 게 더 힘들어지는 사람들이다. 내향적인 데다 소극적이고, 이유 모를 두려움과 불안이 높고, 남의 눈치를 잘 보는 성향에다 자신에 대한 기대감이 지나치게 크다. 늘 현실에 지는 자신을 솔직하게 드러내는 일이 힘들어 대부분의 일에 진실하지 못하다. 습관적인 음주에 대한 죄책감 때문에 직업생활이나 일상만큼은 반듯하게 유지하려 애쓰지만, 술 때문에 그마저도 나락으로 보내고 만다. 늘 완벽을 지향하면서도 점점 완벽과 동떨어지는 자기 모습에 괴로워하고 그 마음을 달래는 방법으로는 술 마시는 일밖에 모른다. 그러는 사이 점점 세상으로부터 고립된다. 홀로 술이라는 섬에 갇혀 그게 세상의 전부라 착각하며 산다. 결국, 문제는 술이 아니다.

알코올에 의존하는 사람에게 공통적으로 숨어 있는 정서는 '두려움'이다. 그들이 술에 취해 벌이는 행동은 폭력성 때문이 아닌 강한 두려움의 발로다. 겁 많은 아이가 고함을 지르고 몸을 크게 부풀리듯이, 술을 마심으로써 평소에는 상상도 못 할 폭력적인 자신을 만들어낸다. 모임 멤버들의 여러 경험담을 들으며 내 안에도 분명히 존재하는 두려움에 대해 생각하게 되었다. 나는 뭐가 그렇게 두려웠던 걸까. 어떤 두려움을 잊고자 그리도 술을 마셔온 걸까.

시간이 지나니 모임에 등장하는 이야기들을 애쓰지 않아도 이해할 수 있었다. 생전 처음 만난 사람들에게서 지금까지 경험하지 못한 유대감을 느꼈다. 평소 타인들, 특히 남자들 앞에서 좀처럼 편안해질 수 없었던 나에게는 놀라운 일이었다. 이제껏 아빠와 나눴던 이야기보다 모임에서 처음 만난 남자들과 나누는 대화가 더 많았다. 아빠는 도무지 속을 알수 없는 사람이었는데, 모임에 나오는 아저씨들도 자기 자식들에겐 그런 존재겠지. 만약 아빠가 단주 모임에 나온다면, 여기 아저씨들처럼 자기 이야기를 술술 털어놓을까.

단주 모임을 계기로 다시 집에서 나와 학교 앞 다른 고시원에서 살기 시작했다. 부모님은 또 집을 나가겠다는 나에게 어떻게 반응해야 할지 난감해했지만, 단주 모임에 매일 나가고 있다는 말에 잔소리를 거두었다. 따로 살고 나서부터는 가끔씩 엄마와만 연락을 주고받았다. 아빠와 정운의 안부는 엄마에게서 전해 들었다. 그러다 며칠 후 엄마에게 문자가 왔다.

아빠가 얼마 안 남은 것 같다. 집에서 보내드리려고.

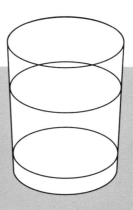

2주 뒤 아빠가 죽었다. 세월이 아빠를 놓아주었다. 쉰 살이 되던 해에 처음 병을 얻고 아내의 외도조차 모르고 살던 둔한 남자. 다 나은 줄 알았던 병이 재발하고도 기적을 버리지 못한 아저씨. 알코올에 중독된 큰딸 때문에 세상을 떠날 때까지 제대로 걷지 못했던 아빠는 엄마의 예상보다 조금 더 길게 살다 갔다.

퇴직한 지 꽤 되었고, 투병에 전념하느라 별다른 인간관계도 없어 장례식장은 한산했다. 게다가 술 없는 장례식이었기에 오랜 시간 머무는 사람도 없었다. 장례식에 술을 두지 말라는 게 아빠의 유일한 바람이었다. 나 때문이겠지. 많은 사람이 모이는 자리에서 내가 우스워지는 일이 더는 없기를 바라는 아빠의 마지막 소원이었겠지. 덕분에 사흘간 나는 멀쩡한 사람으로 자리를 지킬 수 있었다.

나와 엄마는 장례식장 안에서 울지 않았다. 정운만 중간중간 아빠의 영정 사진 앞에 주저앉아 목 놓아 울었다. 발인 때가 돼서야 엄마는 실신하듯 쓰러졌고, 나는 그때까지도 참다가 화장터의 화장실에서 몰래 눈물을 훔쳤다. 그때 화장실에 들어온 누군가가 소곤거렸다.

"보아하니 딸인 것 같은데 아빠가 가는데도 통곡 한번 안하대? 독해, 아주."

뭣도 모르는 인간이 떠들어대는 소리를 들으며 나는 입을 틀어막고 흐느꼈다. 아빠에 대한 애증이 무거운 순서대로 우리는 무너졌다.

장례가 끝나고 엄마는 약속대로 집을 내놨다. 하지만 금세 집이 나가지는 않아 그 큰 집에 엄마 혼자 살고 있다. 나는 여전히 고시원에서 지내며 매일 단주 모임에 나간다. 다시 일을 해야 한다는 생각이 들 때마다 패배감과 불안함에 술 생각이 올라와서, 당분간 일에 대해서는 생각하지 않기로 했다. 일단은 맨정신을 유지하는 데 집중하기로.

하지만 혼자 있을 때 찾아오는 불안과 두려움, 불면증과 가슴 두근거림은 해결될 기미가 보이지 않아 병원에 가보기로 했다. 알코올중독 치료 병원이 아닌 동네 정신건강의학과에.

인터넷으로 찾아본 병원에 예약 전화를 거니, 초진까지 한 달을 기다려야 한다고 했다. 한 달이요? 요즘 우리 사회가 참 많이 병들어 있군요. 나는 그때까지 단주 모임에 참석하는 횟수를 늘리며 시간이 가길 기다렸다. 그러다 이 사실을 전하고 싶은 사람이 떠올라 전화를 걸었다.

"응, 재운아."

"엄마, 뭐 해?"

"퇴근하고 집에 있어. 이제 저녁 먹어야지."

"그렇구나."

"왜, 무슨 일 있어?"

"나 정신과 예약했어."

"……그래?"

"듣던 중 반가운 소리 아냐? 엄마가 나 제일 병원 보내고 싶어 했잖아."

내 말에 엄마는 아무 대답도 하지 않았다. 침묵이 이어져 기다리니, 엄마는 휴대폰을 내려놓고 울먹이는 것 같았다.

나는 못 들은 척 이야기를 이었다.

"궁금하면 병원 같이 갈래?"

몇 주 뒤, 엄마와 정신건강의학과 병원이 있는 지하철역
에서 만났다. 아빠 장례 이후로 처음 만난 엄마는 생기를 회
복한 모습이었다. 술을 안 마시는 요즘의 나는 엄마에게 어
떻게 보일까. 나에게도 생기라는 게 있을까.

지은 지 얼마 안 돼 보이는 상가 2층으로 올라갔더니 〈내
일 정신건강의학과〉라고 쓰인 네모난 간판이 보였다. 문 옆
의 자동문 버튼을 누르니 실내 전체가 화이트 톤으로 꾸며진
깔끔한 공간이 나타났다. 각기 다른 모양의 의자에 진료를
기다리는 사람들이 앉아 있었다. 평일 낮인데도 사람이 많구
나. 나는 일부러 사람들과 시선을 마주치지 않으려 고개를
꼿꼿이 들고 접수대 앞으로 향했다.

"안녕하세요. 성함이요?"

"김재운이요."

"84년 11월생 맞으세요?"

"네."

간호사는 종이 여러 장을 끼운 파일을 내밀었다.

"진료 전에 작성하실 심리검사지고요. 보시면 1번은 전혀 그렇지 않다, 5번은 항상 그렇다예요. 과거를 떠올리지 마시고, 최근 2주일부터 오늘까지의 심리 상태를 체크해주시면 돼요. 너무 깊게 생각하지 마시고, 금방 떠오르는 대로 표시해주세요. 뒤에도 여러 검사가 붙어 있어요. 혹시 헷갈리는 부분이 있으면 언제든 말씀해주세요. 검사는 전체적으로 30분 정도 걸릴 거예요."

엄마는 마치 자신이 검사지를 작성할 예정인 듯 내 옆에서 간호사의 말을 주의 깊게 들었다. 간호사는 나를 작은 방으로 안내했다.

"여기서 편하게 작성하세요."

나는 방에 들어가 문 앞에 서 있는 엄마한테 손을 휘휘 내저었다.

"요 밑에서 커피 한잔하고 있어. 진료까지 하면 1시간 넘겠네."

그래도 문 앞에서 발을 떼지 못하는 엄마를 보며 문을 닫았다.

"아, 오늘은 안 도망가."

검사지는 여러 종류, 여러 장이었다. 비슷해 보이면서도 각기 다른 항목들로 우울 척도, 사회불안 척도, 두려움 척도 등을 검사한다고 쓰여 있었다. 심리검사지에 거짓말로 답하면, 거짓말조차 잡아낸다는 말을 들은 적이 있다. 처음에는 신중하게 체크했지만 이내 지겨워져서 기계적으로 동그라미를 쳤다. 어떤 검사지는 항상 그렇다가 많았고, 어떤 검사지는 뒤죽박죽이었으며, 어떤 검사지는 전혀 그렇지 않다가 과반수였다. 어떤 결과가 나올까.

검사지 작성을 마치고 진료실에 들어가니 내 나이 정도돼 보이는, 얼굴이 해사한 의사가 책상 너머에 앉아 있었다.

"안녕하세요, 김재운 님."

다정한 말투에 진료를 앞둔 긴장감이 조금 누그러졌다.

"안녕하세요."

의사는 나를 바라보며 물었다.

"검사지 작성하는데 힘들진 않으셨어요?"

의사에게 눈을 맞추며 대답했다.

"괜찮았어요."

"다행이네요. 작성하시느라 수고 많으셨습니다."

의사는 방긋 웃으며 뒷말을 이어갔다.

"오늘은 어떤 불편함으로 방문하셨을까요?"

여기서는 내가 어떤 거짓말을 해도 통하지 않겠지. 아무리 말을 꾸며내도 결과지는 그 반대를 얘기하겠지. 아니면 내가 어떤 말을 하더라도 이 사람은 진실이 무엇인지 꿰뚫어 볼 것이다. 온갖 생각이 꼬리를 문 탓에 말문이 막혔다. 끝내 항복하는 심정으로 주절거렸다.

"저는 알코올중독자예요. 술을 끊은 지는 석 달 됐고요."

나름대로 센 말을 던졌다고 생각했는데 의사는 조금의 동요 없이 대답했다.

"아 그러시군요. 술을 끊으시니 어떠세요?"

"단주 모임에 나가기 시작하면서 술을 마시지 않게 됐거든요. 처음에는 뭐든 잘할 수 있을 것 같았는데, 단주 기간이 늘어날수록 술 마시면서 실수했던 일이 자꾸 생각나고요. 왜 진작 술을 끊지 못했을까 후회도 되고요. 밤에도 생각이 많아져서 잠을 푹 못 자요. 가슴 두근거림도 있고요."

의사는 그럴 수 있다는 듯 고개를 끄덕였다.

"단주 모임에는 자발적으로 나가게 되셨어요?"

"네."

"스스로 나가시기 쉽지 않으셨을 텐데. 나가보니 어떠세요?"

"처음에는 어색하고, 뭐가 뭔지 몰랐는데 계속 가다 보니까 조금 마음이 열리는 것 같아요. 확실히 혼자 결심할 때랑은 다르게 술을 멀리하게 되는 것 같고요."

"다행이네요. 자발적으로 참여하는 단주 모임은 실제로 효과가 있습니다. 이미 단주를 실천하고 있는 사람들을 만나는 일인 만큼 자극도 되고요. 저는 김재운 님께서 스스로 단주 모임에 꾸준히 참여하고 계신 것만으로도 회복의 가능성이 있다고 생각합니다. 그러니 알코올 문제는 상담하면서 차차 풀어가는 게 좋을 것 같아요. 먼저 검사지 결과를 말씀드리면, 김재운 님께는 우울증이 있다고 나오네요."

뭐요? 내가 우울증이 있다는 생각은 해본 적이 없었다. 우울증은 일도 못 하고, 잠도 못 자고, 밥도 못 먹고 종일 누워 있는 거 아냐?

"제가 우울증이라고요?"

의사는 아리송한 표정을 짓는 나를 향해 부드러운 말투로 설명했다.

"다행히 중증 우울증은 아니고요. 그렇다고 가볍게 넘길 우울증도 아닙니다. 하지만 처방과 상담을 병행하면 조금씩 나아질 거라 예상합니다. 이 우울증은 알코올성 우울증일 수도 있고, 원래 가진 우울증 때문에 알코올이 남용되었을 수도 있고요. 요즘 같은 환절기에 찾아오는 계절성우울증일 가능성도 있습니다. 정확한 진단은 저와 꾸준히 만나면서 알아가보기로 해요. 일단 처방해드리는 약을 매일 복용하시면 서서히 잠도 잘 주무시고, 활력도 회복하실 거예요. 요즘 느끼시는 불편감에 대해 조금 더 이야기를 나눠볼까요?"

예상 외의 병명으로 인한 충격에 아무 말을 하지 않는 나를 보며 의사는 차분히 설명을 이어갔다.

"어쩌면 알코올 문제도 우울감이 원인이 아니었을까 추측됩니다. 심리적으로 안정감이 느껴지지 않을 때 술로 기분을 끌어올리거나 도리어 의욕을 내는 경우가 상당히 많거든요. 그런 경우 술을 마시면 오히려 작업능률이 오르거나 마치 내가 사교적인 사람이 된다는 착각에 점점 의존도가 높아지죠. 김재운 님의 우울감을 잘 다스리면 알코올 문제도 지금보다 더 좋아질 거라 봅니다."

그 말을 듣고 겨우 내뱉은 질문은 유치하기 짝이 없었다.

"그럼 저는 알코올중독은 아닌 건가요?"

"알코올중독 검사는 오늘 작성하신 검사지에 들어 있지

233

않았어요. 단주하시기 전에 술을 얼마나 많이 드셨어요?"

"모르겠어요. 그때그때 달라서."

"네. 이전에는 술을 매일 드셨나요?"

"……네."

"드실 때마다 얼마나 드셨나요?"

"늘 취해서 곯아떨어질 때까지 마셨던 것 같아요."

왠지 취조같이 이어지는 의사의 질문에 조금씩 기가 죽었다. 멋쩍어하는 나의 표정을 알아챘는지 의사는 말했다.

"여성의 경우 보통 월 1회 이상, 맥주 작은 잔으로 다섯 잔 이상 마시면 폭음으로 간주합니다. 김재운 님의 평소 주량을 생각해보시면 좋을 것 같은데요?"

맥주를 작은 잔으로 다섯 잔? 그건 식도를 훑고 지나가는 수준이지. '저는 일주일에 7일을 마시고, 한번 마시면 소주 댓 병에 양주까지 들이켰습니다'라고는 차마 말할 수 없어 입맛만 다셨다. 머뭇거리는 내 모습에 의사는 더 이상 주량에 대해 묻지 않았다. 센스 있는 의료인이었다.

"사실 술에 의존하는 분들에게 주량은 크게 의미가 없죠. 술을 통해 여러 문제가 생기고 일상생활과 인간관계, 직업적인 부분까지 영향을 준다면 단주해야 할 타이밍입니다. 우선

저는 김재운 님의 우울감 부분을 함께 들여다보고 싶어요. 일주일에 한 번 병원에 오시는 건 무리가 없으실까요?"

"네, 괜찮습니다."

"좋습니다. 처방은 함량이 낮은 약부터 시작해보려고 합니다. 수면에 도움이 되고, 불안감을 낮춰주는 약으로 처방해드릴게요. 약에 부작용이 있으면 언제든 병원으로 연락을 주시고요."

나는 의사의 말에 다급해져 물었다.

"약을 먹으면 금방 좋아지나요? 다음 진료까지 차도가 있을까요?"

의사는 예상한 반응이라는 듯 온화하게 대답했다.

"그건 저도 모릅니다. 정신과 진료라는 것이 눈에 보이질 않잖아요. 찢어진 건 꿰매면 낫고, 골절된 건 깁스하고 나면 뼈가 붙는 게 보이는데, 마음은 그렇지가 않죠. 그 부분에서 환자분들이 조급해하고 불안해하세요. 하지만 불편했던 마음이 편안해지고 안정되는 일에는 시간이 필요합니다. 물론 환자로서는 자신의 불편함을 당장 빠르게 없애고 싶죠. 얼른 해결해야 할 문제, 혹은 단점이라고 생각하는 거죠.

그런데 단점만 있는 사람은 없습니다. 장점만 있는 사람이 없는 것처럼요. 내가 가진 이슈는 없애는 게 아니라 잘 감당하면서 같이 살아가는 것입니다. 영 차도가 없는 것 같을 때, 내가 낫고 있는 게 맞나 의심될 때 드는 불안과 초조함, 그걸 조금씩 다스려가보는 건 어떨까요."

그 말에 단주 모임의 멤버가 한 이야기가 생각났다.

"술 문제 있는 사람들이 공통적으로 가진 성향이 조급함이에요. 그리고 불안. 또 하나는 어두움에 집중하는 것. 인생에는 우울함만 있는 게 아니잖아요. 기쁨도 있고 행복도 있고. 그런데 저는 어렸을 때부터 우울함, 슬픔에 유독 집중했던 것 같아요. 그러니까 자꾸 밑으로 가라앉고. 어떻게든 그 무거움을 해결하고 싶고. 그런 삶은 어린 나이에 감당하기 힘들잖아요. 그래서 어려서부터 술을 마셨어요. 술을 마시면 빠르게 기분이 올라가잖아요. 가라앉은 마음을 어떻게든 빨리 해결하고 싶은 마음, 그게 조급함인 거지.

사람에겐 빛과 그림자가 동시에 있는데, 지금도 저는 그림자에만 집중하는 것 같아요. 그런 성향이 술을 더 마시게 만들고요. 다른 사람들은 인생 즐기면서 잘 사는 것 같은데 나는 왜 이렇게 만날 우울할까. 그렇다고 내 인생이 남들보다 크게 불행하거나 복잡한 것도 아니었거든요. 그저 나는 내가 싫었어요. 나의 어두움이 싫었어요. 그래서 어떻게든 빨리, 밝게 만들고 싶었던 것 같아요. 그때 이용한 게 술이었던 거죠. 그런 성격도 있는 거다 하면서 지내면 좋았을 텐데, 저는 그걸 큰 문제라고 여기고 어떻게든 해결하고 싶었어요. 그래서 술을 찾았고. 그게 제대로 된 해결책은 아니었죠."

생애 첫 정신건강의학과 진료를 받으면서 일주일간 약을 먹으면 좋아지냐고 질문하는 나의 조급함이 술에 손을 뻗게 만든 건 아닐까. 내가 가진 조급함, 불안, 초조함과 우울을 마주할 자신이 없어 술을 마셔온 건 아닐까. 그동안 내 안의 어두움을 잘 피해왔다고 믿었지만, 오히려 술을 마시고 고립되는 것으로 어두움을 더 크게 만들어왔는지도 모른다.

이런저런 이야기를 나누다 보니 예정된 진료 시간 40분이 순식간에 지나갔다. 의사는 마지막으로 물었다.

"김재운 님께서는 앞으로도 술을 완전히 끊고 싶은 마음이실까요?"

대답을 망설였다. 평생 술을 안 마시고 싶다는 건 거짓말 같고, 예전처럼 마시는 것도 말이 안 되는 것 같다. 그 중간 어디쯤을 고민하다 대답했다.

"술을 조절해서 마실 수 있었으면 좋겠어요."

그러자 의사는 처음으로 단호한 표정을 지었다.

"알코올의존증, 요즘에는 알코올사용장애라는 말을 쓰긴 하지만요. 알코올에 의존하는 사람 대부분이 술을 끊기보다 줄이고 싶어 합니다. 이제까지 술 없는 삶은 상상해본 적 없으니까요. 그런데 술을 줄인다는 말에는 술을 조절해서 마실 수 있다는 전제가 필요하죠. 알코올사용장애는 술을 조절하지 못해 생기는 질환입니다. 쉽게 말해 사람이 오늘은 숨을 좀 덜 쉬겠다고 다짐하는 것과 같아요. 알코올에 의존하는 사람에게는 술이 마치 공기와도 같거든요. 생명을 유지하기 위해 없으면 안 되는, 살아가기 위해서 꼭 필요하다는 의미로요. 정작 그 술 때문에 건강과 수명을 잃고 있는데도요. 적당히 마시는 사람은 알코올의존증까지 가지 않습니다.

흔히 알코올사용장애 환자분들에게 하는 말이 있어요. 첫 잔이 가장 위험하다. 첫 잔부터 없애야 한다. 알코올이 삶에 깊이 침투된 사람이 알코올을 줄일 수 있는 방법은 없습니다. 알코올은 줄이는 게 아니라 멀리해야 하는 것입니다. 그러기 위해서는 절주가 아닌 단주가 필요하지요."

약 1년 전에 이 말을 들었다면 가슴 깊은 곳에서부터 화가 치밀어 올랐겠지. 내가 그걸 몰라? 수십 년 의사 공부를 한 당신보다 내가 더 잘 알걸? 논리에 입각한 말들을 들을수록 술이 더 간절해지던 기억이 떠올랐다. 그때의 나였다면 이제까지의 훈훈한 분위기를 박살내버릴 만큼 흉포한 말들을 입 밖으로 꺼냈을지도 모른다. 하지만 오늘은 그저 짤막하게 대답했다.

"네, 알겠습니다."

진료실을 빠져나오니 엄마가 대기 의자에 초조한 얼굴로 앉아 있었다. 엄마는 아직도 내가 병원에서 도망친 그날을 잊지 못하는 것이다. 쓴웃음이 흘렀다.

상가 1층 카페에서 엄마와 마주 앉았다. 엄마는 묻고 싶은 게 많은 표정이었지만, 꼬치꼬치 캐물으면 내가 어떻게 나올지 몰라 망설이는 눈치였다. 그동안 엄마를 얼마나 기죽이며 살아온 걸까. 나는 담담하게 말했다.

"우울증이래."

그다지 놀라지 않는 엄마의 반응에 발끈한 척했다.

"안 놀라네? 이미 알고 있었다는 듯이?"

엄마는 어색하게 웃으며 대답했다.

"그건 아니고."

"약 먹으면서 상담 치료 병행하면 괜찮아질 거래."

"다행이다."

엄마는 이런 이야기보다 나의 술 문제가 어떻게 돼가고 있는지가 가장 궁금할 것이다. 안심시키듯 이야기를 이어갔다.

"나 계속 단주 모임 나가고 있어. 오늘로 술 안 마신 지 아홉 달 됐어. 아직은 잘 모르겠지만 모임에 가면 마음이 편해. 그리고 거기 가면……."

잠자코 듣던 엄마는 갑자기 입술을 깨물며 울음을 참았다. 아 제발. 대낮에 카페에서 웬 드라마냐고. 하지만 그 마음을 이해 못 하는 바는 아니어서 냅킨을 건넸다.

"주책이야."

피식 웃으며 눈물을 닦는 엄마를 향해 나는 중얼거렸다.

"아직은 몰라. 또 넘어질지도 모르지. 단주가 오늘로 끝날지, 몇 년을 이어갈지 누가 알아. 20년을 단주하다가 다시 마시는 사람도 많대. 근데 해보려고. 내가 할 수 있는 말은 이것뿐이다."

비장하게 말을 이었다.

"술 끊고 나서 내가 뭘 느낀 줄 알아? 내가 상당히 의존적인 사람이라는 거야. 그렇게 살면서 나만 힘들었다고 생각했는데, 엄마랑 아빠도 만만찮게 힘들었을 것 같더라고."

엄마는 내 말이 의외라는 듯 눈을 크게 뜨다가 아무렇지 않게 대답했다.

"가족이 서로 기대고 그러는 거지. 그런 게 가족이지 뭐."

그런데 엄마는 왜 우리한테 기대지 않았어? 우린 가족이 아니었어? 그렇게 반문하는 대신 또 말을 이었다.

"근데 모든 가족이 다 그런 건 아니더라. 가족이 행복하려면 각자가 먼저 행복해야지. 엄만 우리가 다 같이 살 때 행복했어?"

엄마는 무슨 난데없는 질문이냐는 듯 나를 잠시 바라보다 대답했다.

"지나고 보니 행복한 순간도 많았는데, 당시에는 힘들어서 그런 줄도 몰랐던 것 같아. 너네 클 때 참 예뻤는데, 그것도 잘 몰랐지."

"우리가 예뻤다고?"

"그럼. 지금도 예쁜데. 너도 자식 낳아보면 알아. 엄만 너네만 보고 이때껏 살았어."

거짓말. 박창수 보고 산 거 아니고? 갑자기 욱해 목소리가 떨렸다.

"그런 말 왜 한 번도 안 했어? 나는 엄마가 우리 때문에 힘든 줄 알았어. 우리 때문에 엄마가 행복하다는 생각은 해 본 적 없어. 엄마는 늘 힘들어 보였어. 그래서 나도 결혼 같은 거, 애 낳는 거, 안 해야 되는 건 줄 알았어."

갑작스러운 나의 이야기에 엄마는 뭔가를 말하려다 입을 다물었다. 엄마의 태도에 또 심사가 뒤틀렸다.

"왜. 뭐. 말해. 말해야 알아. 말 안 하면 몰라."

이제껏 표현이라곤 없던 나의 변화에 놀란 듯 빤히 바라보는 엄마를 향해 말을 이었다.

"아빠 가고 제일 짜증 나는 게 그거야. 그렇게 붙어 있었으면서 아빠랑 길게 대화해본 적이 없어. 화내고 원망하고 싶어도 이제는 그럴 수가 없어. 물어보고 싶은 게 생겨도 물어볼 수가 없어. 엄마 알지? 내가 아빠 안 좋아한 거. 근데 안 좋아하던 사람이 없어진다고 편해지는 게 아니더라. 오히려 찝찝하더라. 다른 사람들은 사랑하는 힘으로 살지 몰라도, 나는 미워하는 힘으로 살았어. 그런데 나는 실컷 원망할 사람이 이제 세상에 없어. 그게 얼마나 짜증 나는 줄 알아?"

엄마는 오늘 내가 하고 싶은 말을 다 하게 내버려두겠다는 듯 잠자코 듣고만 있었다. 그러고 보니 엄마와 이런 이야기를 나누는 것도 태어나서 처음 아닌가. 엄마는 나와 이 시간을 보내며 마음이 어떨까. 불편할까 편안할까. 아니면 나처럼 속이 좀 후련할까. 이윽고 가만히 창밖을 쳐다보는 엄마의 옆얼굴을 바라보았다.

문득, 몇 달 전 아빠 입원실에서 본 박창수의 명함이 떠올랐다. 명함은 만든 지 얼마 되지 않은 새 종이에 요즘 글씨체로 새겨져 있었다. 조금도 빛바래지 않은 명함 한 장은 두 사람의 관계가 여전히 이어지고 있음을 알려주었다. 하지만 그때 나는 몽롱한 정신으로나마 다짐했다. 더 이상 이에 대해서는 입을 열지 않기로.

그래, 엄마. 우리 각자 행복하자. 나도 잘 살 테니 엄마도 잘 살아. 서로가 없어도 멀쩡하게 살다가 가끔 생사나 확인하며 지내자. 그 말을 하는 대신 커피를 홀짝였다. 엄마도 말없이 커피를 머금었다.

이후 우리는 한참을, 해도 그만 안 해도 그만인 이야기를 나누며 커피를 마셨다. 가끔은 서로 마주 보다가 이내 어색해져 고개를 돌렸다. 남은 이야기들은 이다음에 천천히 풀어나갈 기회가 있을 거라 생각한 순간, 휴대폰이 울렸다. 문자 알림음에 화면을 들여다보았다.

[부고 알림]

단주 모임 민들레의 대표 봉사자인 바위 선생님께서 오늘 아침 영면하셨습니다. 조문을 원하는 분들은 저에게 연락 주시길 바랍니다.

바위는 나를 단주 모임으로 이끈 술집 사장의 모임 활동 명이다. 6년간 단주에 성공했다며 의기양양해하던 그가 얼마 전 재발해 병원에 들어갔다는 소식을 들었다. 그 소식에 정신이 혼미해져 하마터면 다시 술을 마실 뻔했다. 직접 확인하지 않고는 믿을 수가 없어서 술집으로 찾아갔지만, 문은 굳게 닫혀 있었다. 이후 아무 소식도 듣지 못했다. 모임에서 아는 멤버들을 만날 때마다 절박하게 그의 안부를 묻는 나에게 한 멤버는 조심스럽게 충고했다.

"너무 알려고 하지 마요. 나중에 돌아오면 아무렇지 않게 반겨주면 돼."

그런데 이게 뭐야. 죽었다고? 거짓말……. 장난하지 마!

휴대폰을 든 손이 덜덜 떨렸다. 갑자기 심각한 얼굴로 어찌할 바를 모르는 나를 보고 엄마는 무슨 말을 해야 할지 우물쭈물해하다 물었다.

"왜 그래. 무슨 일이야."

나는 휴대폰을 테이블에 내팽개치고 눈을 꾹 감았다. 두 손으로 얼굴을 감싸쥐니 주체할 수 없이 눈물이 쏟아졌다. 손가락 사이사이로 흘러나오는 눈물에 어쩔 줄 모르고 그대로 테이블에 엎드려 흐느꼈다. 아, 씨발. 왜 죽냐고. 미친 새 끼야. 이제껏 잘 버텨놓고 죽긴 왜 죽어. 단주 모임 1년 안 빠지면 오라며. 근데 당신이 먼저 무너지면 어떡해! 네가 먼저 가면 어떡해, 이 나쁜 새끼야……!

설움 섞인 혼잣말이 제멋대로 터져 나왔다. 엄마는 떨리는 내 등에 손을 얹고만 있었다. 카페 전체가 당혹스러운 침묵에 휩싸이는 게 느껴졌다.

장례식장에서 빠져나와 지푸라기라도 잡는 심정으로 근처에서 열리는 단주 모임을 찾는다. 퉁퉁 부은 얼굴로 가장 구석 자리에 숨어들 듯 앉는다. 처음 온 모임인 만큼 아는 멤버가 한 명도 없다. 다들 어떤 하루를 보내고 이곳에 왔을까. 그러나 귓구멍이 막힌 듯 멤버들의 경험담이 전혀 귀에 들어오지 않는다. 자리를 지키고 있는 것만으로도 온몸에서 피가 빠져나가는 느낌이다.

　　시간을 확인하니 모임 시간이 10분 정도 남아 있다. 다들 모임 끝나는 시간을 기다리는 걸까. 더 이상 경험담이 이어지지 않는다. 어색한 침묵이 계속되니 사회자가 분위기 전환에 나선다.

"오늘 이 모임에 처음 오신 초록 선생님의 경험담을 들어
봐도 될까요?"

그 말에 내 입에서 한숨이 흘러나온다. 오늘은 경험담을
나누기 힘들 것 같다고 말하려고 고개를 드니, 내 이야기를
기다리는 멤버들의 얼굴이 보인다. 그런데, 어……? 바위가
있다. 당신이 왜 여기 있어요? 이미 죽었잖아요. 도무지 믿을
수 없어 두 눈을 연신 끔뻑여봐도 여기도 바위, 저기도 바위
다. 얼굴들은 동요가 없다. 마치 이렇게 말하는 듯이.

할 이야기 있잖아요. 말해보세요, 내가 들을게요.

어쩐지 응원을 보내는 듯 한없이 온화한 얼굴들을 마주
하는 순간, 왈칵 눈물이 솟구친다. 설명할 수 없는 안도감에
터져 나오는 울음을 막아보려 입술을 일그러뜨리며 천천히
말을 잇는다.

"안녕하세요……. 알코올……중독자…… 초록입니
다……."

※ 질병관리청의 〈음주 심층보고서〉(국민건강영양조사 기반, 2023년)에 따르면 1년에 한 번이라도 음주한 적 있는 여성 10명 중 3명은 월 1회 이상 폭음을 경험한다. 이 중 8.9%는 한 번에 5잔 이상, 주 2회 이상 마시는 고위험음주자이며, 3% 정도는 거의 매일 3잔 이상을 마시는 위험음주를 한다. 연령은 20-30대에서 가장 높은 수치를 보이며, 다인 가구에 비해 1인 가구의 음주 및 폭음이 1.2배 높다. 여성 인구의 음주율과 알코올사용장애 유병률은 해마다 증가하는 추세다.

초고를 다 쓰고 나서, 피드백을 받기 위해 만난 편집자가 말했다.

"이제 소설가로 데뷔하는군요."

그 말에 손사래를 쳤다.

"저 소설가 아니에요."

"다들 그렇게 이야기하죠."

그 말에 대꾸했다.

"애초부터 소설을 쓰려던 게 아니에요. 이 주제를 어떻게 풀지 고민하다 보니 이렇게 된 거지."

"소설 쓰기에 가장 좋은 이유네요."

그 어떤 말도 창과 방패의 대결이 될 것 같아 맥없이 웃고 말았다.

어쩌다 보니 첫 장편소설을 썼다. '술 이야기'는 내 삶의 과제였고, 어떻게든 글로 내놓고 싶어 오랫동안 고민했다. 이렇게 써보고 저렇게 써봐도 석연치가 않아서 결국 포기해야겠다고 생각할 무렵, 새로운 생각이 스쳤다. 이제껏 안 써본 글을 써볼까.

처음으로 쓴 문장은 아빠가 죽었다, 였다. 그걸 쓰고 나니 재운이 눈앞에 나타났다. 나는 때때로 재운이 되어, 가끔은 재운을 지긋지긋해하면서 그다음 문장을, 또 다른 문단을 이어나갔다. 재운과 나는 닮았으면서 다르다. 나는 재운이 싫으면서도 좋다. 바로 나 자신에게 그러한 것처럼 재운에게도 호감과 비호감이 뒤섞여 있다. 그래서 더 정이 들고 말았다. 재운은 내가 아니면서, 나다.

에세이를 쓰는 사람으로서 오랜 시간 독자를 의식한 글을 써왔다. 쓴 책은 팔려야 하므로, 어떻게든 쉽게 이해할 만한 이야기를 써야 한다고 믿었다. 하지만 아무리 열심히 써도 책은 팔리지 않고, 아무리 열을 내도 사람들은 나를 모르고, 그러다 보니 눈치 보며 글 쓰는 데 질려버렸다. 어차피 안 팔리니까 내가 쓰고 싶은 거나 쓰자. 그 생각으로 아무 말이나 쓰기 시작한 게 여기까지 왔다. 재운은 아무 말이었던 내 이야기를 어떻게든 이끌고 가주었다.

그 과정을 통해, 하고 싶은 이야기가 있는 한 글을 쓸 수 있다는 사실을 새삼 느꼈다. 나에게 여전히 하고 싶은 이야기가 남아 있다는 것도 알게 되었다. 하고 싶은 말은 어떻게든 글로 완성된다는 사실도.

얼른 하고 싶은 이야기가 또 생겼으면 좋겠다. 글 쓰는 일 따위 당장 때려치우고 싶다고 매일 투덜거린 주제에.

술을 끊은 지는 어느새 3년이 됐다.

김신회

친애하는 나의 술

발행일 2024년 10월 2일 초판 1쇄
        2024년 10월 21일 초판 2쇄

지은이 김신회
펴낸곳 여름사람
편집 강서준, 권민정, 여수진
디자인 형태와내용사이
제작 영신사

출판등록 2023년 2월 20일 제2023-000081호
이메일 taipeik@gmail.com

ISBN 979-11-983343-0-5 (03810)